大智慧小故事

小细节中看到大景观
小故事中悟出大智慧

全集

张艳玲 ◎ 编

民主与建设出版社
·北京·

© 民主与建设出版社，2021

图书在版编目（CIP）数据

小故事大智慧全集/张艳玲编.—北京：民主与建设出版社，2015.10（2021.4 重印）

ISBN 978-7-5139-0855-9

Ⅰ.①小… Ⅱ.①张… Ⅲ.①故事—作品集—世界Ⅳ.①I14

中国版本图书馆 CIP 数据核字（2015）第 251075 号

小故事大智慧全集
XIAOGUSHI DAZHIHUI QUANJI

编　　者	张艳玲
责任编辑	王　颂
封面设计	天下书装
出版发行	民主与建设出版社有限责任公司
电　　话	（010）59417747　59419778
社　　址	北京市海淀区西三环中路 10 号望海楼 E 座 7 层
邮　　编	100142
印　　刷	三河市同力彩印有限公司
版　　次	2015 年 10 月第 1 版
印　　次	2021 年 4 月第 2 次印刷
开　　本	710 毫米 ×944 毫米　1/16
印　　张	13
字　　数	130 千字
书　　号	ISBN 978-7-5139-0855-9
定　　价	45.00 元

注：如有印、装质量问题，请与出版社联系。

前言 | PREFACE

　　人生有起有落,不可能一帆风顺,我们应该认真地对待生活。在逆境中要认真地面对生活,笑对人生;在顺境中要感谢生活,感谢人生。遗憾的是,很多人都是忙忙碌碌、漫无目的地生活着,到年老时才追悔莫及,于是开始深深地自责,然后在自责中遗憾地走完自己的一生。

　　古人云:耳明为聪,眼亮为明。实际上,一个聪明人不仅善于用双眼来观察世界,用双耳来聆听世界,还善于用一颗理性的心灵来分析世界。所以,用心观察生活、体悟生活,我们会拥有更多智慧的力量。

　　俗话说:"不积跬步,无以致千里;不积小流,无以成江海。"世上的大事都是由小事组成的,没有小事便无以成大事。因此,要成就大事业,就必须先从小事做起,把每一件简单的事做好就是不简单,把每一件平凡的事做好就是不平凡。

　　我们的心灵需要感知,我们的生活需要感悟。有些看似简短的小故事,其中却包含着耐人寻味的大哲理。有道是"平常一样窗前月,才有梅花便不同"。每个人的心中都充满了对成功的渴望,然而并不是所有的人都能够如愿以偿,那么,那些成功的人之所以能在人群中脱颖而出,靠的到底是什么呢?我们又怎样才能在当今这个纷繁复杂的社会拥有一席之地呢?《小故事大智慧》也许对于那些迷茫的人们会有所帮助,帮助他们找寻自己的方向,给失去勇气的人们以重新站起的信心。

　　本书精选了百余例古今中外的经典小故事,虽然是小故事,却个个精彩,小中见大,再加上每个故事结尾的"心灵驿站",更升华了人生的智慧,涵盖了幸福人生的简单道理,能使我们在轻松愉快中明白故事中的道理,从而获得启迪,更好地认识自己,改进自己,把握自己的人生方向,学会智慧地渡过人生的每一天。

也许这些寓意深刻的故事还能够打开一道道心门,使我们能够更加深入地思考人生当中的点点滴滴,睿智地处世,把握命运,真正地驾驭自己的命运之舟。

目 录

前言 …………………………………………………… 1

第一章 修炼一个精彩的人生

01 引颈就刃的道信 ……………………………… 2
02 退 场 ………………………………………… 3
03 上帝的百合 …………………………………… 4
04 没什么好后悔的 ……………………………… 5
05 杨修的小聪明 ………………………………… 7
06 聪明的儿子 …………………………………… 8
07 招聘考试 ……………………………………… 10
08 用马拉着的汽车 ……………………………… 11
09 冠军与蚊子 …………………………………… 12
10 平静的图画 …………………………………… 13
11 最短的演讲 …………………………………… 14
12 卑微的伟人 …………………………………… 14
13 小气的人成不了大事 ………………………… 15
14 自己家的窗户脏了 …………………………… 16
15 秀才与铁匠 …………………………………… 17

16	戴高帽	19
17	上帝给人打分	20
18	时间就是宝藏	21
19	亚历山大与第欧根尼	22
20	只要再坚持一下	23
21	聪明的画师	24
22	苏格拉底逛街	25
23	机智的丘吉尔	27
24	聪明的理发师	28
25	名 气	29
26	开始战斗	30
27	绝处逢生	31
28	不必大惊小怪	32
29	钓鱼高手	34
30	名 医	35
31	再坚持一会儿	36
32	20 美元	38
33	采访上帝	39

第二章 请留意路边的风景

01	缺口的圆环	44
02	马和骑师	44
03	急躁的儿子	46
04	老子、儿子和驴子	48
05	土拨鼠哪去了	50
06	学会认输	50
07	放慢生命的脚步	52
08	工作不是生活的全部	54

09	一直跑	55
10	面对大鱼和小鱼	56
11	皮匠和银行家	57
12	又冷又咸的雪	58
13	右翼	59
14	黑点	60
15	打电话	61
16	插向自己的刀	61
17	春 游	63
18	慎 独	64
19	贪婪的父子	65
20	不过一念间	66

第三章　打开人生的另一道门

01	生命中的五次选择	70
02	把痛苦关在门外	73
03	聪明的小个子	74
04	危险的试探	75
05	富翁的遗嘱	76
06	毛线尽头	77
07	单纯的喜悦	78
08	走适合自己的路	78
09	苏格拉底的秘诀	79
10	劣势变优势	80
11	空 城	81
12	吝啬鬼	82
13	友谊与爱情	83
14	骑 马	85

15	一捧沙	86
16	那不是你们的孩子	86
17	才能	88
18	苦难也许是天堂	89
19	钻石就在后院	90
20	难以割舍的人	91
21	写在沙滩上的字	92
22	正直的法官	93
23	罗文中尉	94
24	爸爸,我可以买你一小时的时间吗	95
25	牛、狗、猴子、人	97
26	抉 择	98
27	毛毛虫	99
28	充满热情	100
29	给爱以自由	101

第四章 给梦一把梯子

01	旋转门	104
02	等待时机	105
03	一生的六字秘诀	106
04	昙花一现	107
05	猫就是猫	108
06	走钢丝	109
07	回 家	111
08	美丽在远处	112
09	高明的厨师	113
10	思想垃圾	115
11	点燃一盏油灯	116

12	置之死地而后生	117
13	希望活着	118
14	人生的考试	119
15	想改变命运的人	120
16	一枚硬币	121
17	推销	123
18	咒 语	124
19	墓 碑	125
20	一杯水	126
21	过 桥	127
22	逆 风	128
23	心急的农夫	129
24	国王与亲信	130
25	放下坏心情	131
26	死亡约会	132
27	寻找生命中的繁星	133
28	富翁与乞丐	134
29	小山和小水	135

第五章　禅意人生

01	不做金钱的奴隶	140
02	瘸腿的少尉	141
03	死在钱袋边的穷人	142
04	爬楼与人生	143
05	弯 路	144
06	葬 礼	145
07	锁定目标	146
08	迟 到	147

- 09 怎么吃 ⋯⋯⋯⋯⋯⋯⋯⋯⋯⋯⋯⋯⋯⋯⋯⋯⋯⋯⋯⋯⋯⋯ 148
- 10 授 艺 ⋯⋯⋯⋯⋯⋯⋯⋯⋯⋯⋯⋯⋯⋯⋯⋯⋯⋯⋯⋯⋯⋯ 149
- 11 借 口 ⋯⋯⋯⋯⋯⋯⋯⋯⋯⋯⋯⋯⋯⋯⋯⋯⋯⋯⋯⋯⋯⋯ 150
- 12 武士与禅宗大师 ⋯⋯⋯⋯⋯⋯⋯⋯⋯⋯⋯⋯⋯⋯⋯⋯⋯ 151
- 13 鸟 笼 ⋯⋯⋯⋯⋯⋯⋯⋯⋯⋯⋯⋯⋯⋯⋯⋯⋯⋯⋯⋯⋯⋯ 152
- 14 红舞鞋 ⋯⋯⋯⋯⋯⋯⋯⋯⋯⋯⋯⋯⋯⋯⋯⋯⋯⋯⋯⋯⋯ 153
- 15 喝彩 ⋯⋯⋯⋯⋯⋯⋯⋯⋯⋯⋯⋯⋯⋯⋯⋯⋯⋯⋯⋯⋯⋯ 155
- 16 感 悟 ⋯⋯⋯⋯⋯⋯⋯⋯⋯⋯⋯⋯⋯⋯⋯⋯⋯⋯⋯⋯⋯⋯ 156
- 17 鱼缸 ⋯⋯⋯⋯⋯⋯⋯⋯⋯⋯⋯⋯⋯⋯⋯⋯⋯⋯⋯⋯⋯⋯ 157
- 18 成功的秘密 ⋯⋯⋯⋯⋯⋯⋯⋯⋯⋯⋯⋯⋯⋯⋯⋯⋯⋯⋯ 158
- 19 沙漠孤行 ⋯⋯⋯⋯⋯⋯⋯⋯⋯⋯⋯⋯⋯⋯⋯⋯⋯⋯⋯⋯ 159

第六章 善意的人生，美好的人生

- 01 水 手 ⋯⋯⋯⋯⋯⋯⋯⋯⋯⋯⋯⋯⋯⋯⋯⋯⋯⋯⋯⋯⋯⋯ 162
- 02 穷汉的愿望 ⋯⋯⋯⋯⋯⋯⋯⋯⋯⋯⋯⋯⋯⋯⋯⋯⋯⋯⋯ 163
- 03 善待对手 ⋯⋯⋯⋯⋯⋯⋯⋯⋯⋯⋯⋯⋯⋯⋯⋯⋯⋯⋯⋯ 164
- 04 求人不如求己 ⋯⋯⋯⋯⋯⋯⋯⋯⋯⋯⋯⋯⋯⋯⋯⋯⋯⋯ 165
- 05 找到夜明珠的人 ⋯⋯⋯⋯⋯⋯⋯⋯⋯⋯⋯⋯⋯⋯⋯⋯⋯ 166
- 06 用时间衡量爱 ⋯⋯⋯⋯⋯⋯⋯⋯⋯⋯⋯⋯⋯⋯⋯⋯⋯⋯ 168
- 07 父亲、儿子与猴子 ⋯⋯⋯⋯⋯⋯⋯⋯⋯⋯⋯⋯⋯⋯⋯⋯ 169
- 08 言多必失 ⋯⋯⋯⋯⋯⋯⋯⋯⋯⋯⋯⋯⋯⋯⋯⋯⋯⋯⋯⋯ 171
- 09 最有修养的人 ⋯⋯⋯⋯⋯⋯⋯⋯⋯⋯⋯⋯⋯⋯⋯⋯⋯⋯ 172
- 10 一杯牛奶 ⋯⋯⋯⋯⋯⋯⋯⋯⋯⋯⋯⋯⋯⋯⋯⋯⋯⋯⋯⋯ 173
- 11 把梳子卖给和尚 ⋯⋯⋯⋯⋯⋯⋯⋯⋯⋯⋯⋯⋯⋯⋯⋯⋯ 175
- 12 怀表是如何找到的 ⋯⋯⋯⋯⋯⋯⋯⋯⋯⋯⋯⋯⋯⋯⋯⋯ 176
- 13 鸟的耳朵 ⋯⋯⋯⋯⋯⋯⋯⋯⋯⋯⋯⋯⋯⋯⋯⋯⋯⋯⋯⋯ 177
- 14 拔 牙 ⋯⋯⋯⋯⋯⋯⋯⋯⋯⋯⋯⋯⋯⋯⋯⋯⋯⋯⋯⋯⋯⋯ 178
- 15 紧握住今天的机会 ⋯⋯⋯⋯⋯⋯⋯⋯⋯⋯⋯⋯⋯⋯⋯⋯ 180

16 博士插秧 …………………………………………… 181
17 愚笨才是真聪明 ………………………………… 182
18 强项 ……………………………………………… 184
19 无字秘方 ………………………………………… 185
20 数学王子 ………………………………………… 186
21 一切都将会过去 ………………………………… 187
22 被扔鸡蛋的首相 ………………………………… 189
23 再努力一次 ……………………………………… 190
24 活着就是幸运 …………………………………… 191
25 商人的烦恼 ……………………………………… 192
26 浅薄也是一种快乐 ……………………………… 193
27 化险为夷 ………………………………………… 194

第一章
修炼一个精彩的人生

人们往往重视的只是结果而不是过程。殊不知,没有过程怎么会有结果呢?只有在创造的过程中付出努力和聪明才智,才能获得令人惊奇的结果。

01　引颈就刃的道信

　　唐朝皇帝李世民十分爱好学习,经常请有名望的人士给他去讲课。公元643年,他获知"道信"和尚是一个伟大的禅师,心里十分仰慕,希望能聆听他的妙语慧言。

　　于是下诏书请他进京讲学,可是道信早就把精进佛学当做毕生唯一的追求。他深知要想悟道成功,必须牢牢坚定自己的信念不动摇。因此,他婉言谢绝了邀请。谁知皇帝求贤若渴的心思也十分强烈,又接连下了三次诏书请他。可道信丝毫不为所动。

　　皇帝生气了,就第四次下诏书,并且对使者说:"如果他再不来,就砍了他的头带回来!"使者见到道信宣读了旨意,谁知他竟然面不改色心不跳,伸长了脖子,专等使者砍下他的头。使者怎么敢砍呢,只好回去如实告诉皇帝,皇帝就更加赞叹仰慕他了,不但没有怪罪反而赐给很多珍宝,且再也不下诏了,让道信一心修行。

　　果然,道信和尚最终成为一名伟大的禅师,而且在他的主持下当时佛法大盛。

心灵驿站

　　成功源于坚持到底。一个人确立自己的梦想很容易,难的是坚持去追梦,难的是在经历艰难坎坷之后仍然不改初衷,逐梦不已。若如此,哪里还会有不能成功的人呢!成功不过是指日可待的事情罢了。

02 退场

一次,世界著名音乐大师施特劳斯带着他的交响乐团到美国波士顿演出。首场演出结束后,痴迷的听众一直高呼着施特劳斯的名字,不肯让乐队退场。施特劳斯认为不能让他的观众扫兴,便同乐队队员们继续演出。等到听众们尽兴而归时,早已是夜深人静。

"如果再这样下去,乐团将被掌声搞垮。"面对热情的听众,施特劳斯又高兴又忧虑,如何才能用一个万全之策,既让乐队顺利退场,又不使听众扫兴呢?一个妙计在他脑海中产生了。

第二天,当演出临近结束时,施特劳斯指挥乐团演奏了一首新谱的曲子。只见他在一小节与另一小节过渡的时候,便暗示一名乐手起身退场。专心致志的听众以为是演奏内容的需要并没有在意,演奏仍在继续,乐手一个接一个地退下场去。等到最后一名乐手起身退场时,施特劳斯转身向观众深鞠一躬,也走下了舞台,大幕随之徐徐落下。这时,听众们才醒悟过来,掌声四起。可是大幕已经落下了,观众只好作罢。

心灵驿站

一个人之所以能够成功,就一定有他的理由。在各种成功的理由中,善于运用大脑是最让人敬佩的。一个善于运用大脑的人,无论在何时何地都会有成功相伴。

03　上帝的百合

上帝在六天当中，创造了天地和万物，在第七天休息。等上帝休息够了之后，他想了解所造的天地之中，至善至美的境界在哪里，于是就派遣天使长来到人间，带回三样世间最美好的事物。

天使长来到地上，发现一株绽放在晨曦中的百合，露珠在它皎洁无瑕的花瓣上晶莹剔透地滚动着，百合在纯洁当中，更透着尊贵与娇艳的自信，天使长认为这是美好的，便取了百合放在怀里。

走不多远，在树下又见到一个白胖的婴儿，他的脸上露出至真至纯的欣喜笑容，好奇地玩着自己的小手，洋溢着快乐、幸福的表情，在天使长眼中看来，这也是极美好的，便将婴儿抱在怀中。

再走了一段路，天使长看见马路旁一辆车飞奔而来，一个小孩为了捡拾滚落的球从路边冲了出来，眼看车子就要从小孩身上碾过去了，突然，有一位妇人以更快的速度扑向了捡球的小孩，及时地将小孩推离车的巨轮之下，但这位救孩子的母亲，自己却来不及逃开，被辗死在了车轮下。

为了孩子而甘愿舍身的母亲灵魂，天使长也认为是美好的，便带走了这位母亲的灵魂。三样美好的事物已收集齐全，天使长马上回到天上复命。

来到上帝的面前，天使长首先取出第一件美好的事物，纯洁的百合。经过一段时间的折腾，花瓣上的晶莹露水已然干涸，百合也枯萎了，洁白的花瓣变得枯黄，不再美好。

天使长取出第二样美好事物，幸福快乐的婴儿，呈在上帝跟前。只是，婴儿此时脸上的笑容已不复见，也不再对自己的小手感到好奇。婴儿因饥饿而号啕大哭，更难以见到他幸福洋溢的神情。

尴尬的天使长只得取出第三样事物，为了孩子牺牲的母亲的灵魂。霎时，乐声四起，光明的天堂里，诗歌高唱，而上帝也走下宝座来，满心喜悦地怜悯这位母亲的灵魂，并嘉许天使长找到了最完美的人间事物。

心灵驿站

爱是这个世界上最神奇、最伟大的力量，它能温暖一颗冰冷的心，拉近人与人之间的距离，它能让我们体味久违的感动……母爱更是伟大与无私的，我们付出再多，也无法回报母亲的爱。从现在开始，好好地爱我们的父母吧，他们是最值得我们去爱的人。

04 没什么好后悔的

汉德·泰莱是纽约曼哈顿区的一位神父。

那天，教区医院里一位病人生命垂危，请他过去主持临终前的忏悔。他到医院后听到了这样一段话："仁慈的上帝！我喜欢唱歌，音乐是我的生命，我的愿望是唱遍美国。作为一名黑人，我实现了这个愿望，我没有什么要忏悔的。现在我只想说,感谢您让我愉快地度过了一生,并让我用歌声养活了我的六个孩子。现在我的生命就要结束了,但死而无憾。仁慈的神父,现在我只想请您转告我的孩子,让他们做自己喜欢做的事吧,他们的父亲是会为他们骄傲的。"

　　一个流浪歌手,临终时能说出这样的话,让泰莱神父感到非常吃惊,因为这名黑人歌手的所有家当,就是一把吉他。他的工作是每到一处,把头上的帽子放在地上,开始唱歌。四十年来,他乐此不疲,用他苍凉的西部歌曲,感染着他的听众,从而换取那份他应得的报酬。

　　黑人的话让神父想起五年前曾主持过的一次临终忏悔。那是位富翁,住在里士本区,他的忏悔竟然和这位黑人流浪汉差不多。他对神父说:"我喜欢赛车,从小研究它们、改进它们、经营它们,一辈子都没离开过它们。这种爱好与工作难分,闲暇与兴趣结合的生活,让我非常满意,并且从中还赚了大笔的钱,我没有什么要忏悔的。"

　　白天的经历和对那位富翁的回忆,让泰莱神父陷入沉思。当晚,他给报社去了一封信。信里写道:"人应该怎样度过自己的一生才不会留下悔恨呢?我想也许做到两条就够了。第一条,做自己喜欢做的事;第二条,想办法从中赚到钱。"

后来,泰莱神父的这两条生活信条,被许多美国人一直信奉。的确,人生如此,也没什么好后悔的了。

心灵驿站

当一个人从事自己喜欢的工作时,就会激发人的工作热情,让人把工作当作乐趣,而不是负担,因而赚钱也变得轻松愉快起来,自己也会得到快乐。有了精神上的愉悦和物质上的保障,这样的生活才是无悔的人生。

05 杨修的小聪明

曹操下令建造一座花园,建成以后,曹操亲自去察看,却没有说好说坏,只是在门上写了个"活"字便扬长而去,众工匠不解其意。杨修便道:"门内添个'活'字就成了'阔',丞相嫌门阔耳。"于是工匠们马上进行改造,然后再让曹操来观看,曹操十分高兴,问道:"谁解吾意?"众人答是杨修,当时"操虽称美,心甚忌之"。

还有一回,曹操命人送来一盒酥,上写"一合酥",便放在桌子上。杨修看完了,竟把一盒酥与众人一起分吃了。曹操问起他这件事的缘故。杨修答曰:"盒上明书'一人一口酥',岂敢违丞相之命乎?"这时,曹操"虽喜矣,而心恶之"。

又有一次,刘备出兵定军山,老将黄忠杀死曹操手下的夏侯渊,曹操领兵回到汉中,与刘备两军对垒,欲进不能,欲退不肯,心中犹豫不定。曹操一天夜里正在喝鸡汤,见碗内有鸡肋,顿时心生疑虑。此时正值夏侯惇入问夜间军号,曹操便随口说"鸡肋鸡肋",杨修听到"鸡肋"两个字,便让手下军士收拾待归。夏侯惇得知,惊问其故,杨修答道:"鸡肋者,食之无肉,弃之有味,现在我们进不能胜,退又恐人笑,在此无益,不如早归,来日魏王定会班师回朝,所以先收拾行李,以免临行慌乱。"夏侯惇听了,十分信服,也回去收拾东西准备回家了。于是军中上下皆知来日即归。曹操知道后大惊,有人告诉他是杨修所为,曹操气愤不已,终于找了个借口把杨修给杀了。

曹操和杨修都是很有才华的人,杨修身为下级,在领导面前显示自己的才能时,不会加以适当的赞美,而是以自己的才能与之对峙,最后招致杀身之祸。如果杨修懂得赞美一下曹操,节制一下自己的傲气,那么他的命运也许就要改写了。

心灵驿站

许多时候,我们不是跌倒在自己的缺陷上,而是跌倒在自己的优势上,因为缺陷常常能给我们以提醒,而优势却常常让我们忘乎所以。

06 聪明的儿子

一个富甲一方的老地主,在临死前决定将所有的财产都留给两个儿子。黎明破晓前,公鸡还未报晓,他把两个孩子叫到跟前,说道:"就是在这间房子里,我制定出了如何积累财富的计划,你们谁能够更好地填满这个房间,不留任何空间,谁就能得到我所有的财富。我越来越虚弱了,你们必须在天亮之前回来,绝不能迟到。"他给了每个儿子一些银子和一个空麻袋,让他们装买来的东西。

他们都出去了,不一会儿都带着货物回来了。

第一章　修炼一个精彩的人生

大儿子买来稻草,在地板上铺开。但他甚至连一半的空间都没有添满,更别说整个房间了。父亲说:"儿子,这是没有用的,让我们看看你弟弟怎么填满房间吧!"

小儿子从包里拿出一根大蜡烛,在房子中间的桌子上固定下来,点亮了,蜡烛明亮的光芒充满了整个房间。

父亲很高兴,他称赞道:"儿子,你有资格成为我的继承人,我相信你一定会合理地使用这笔财富。"

心灵驿站

成功的人在创业、经商的开始阶段就拥有独到的眼光,运用自己的智慧,取得别人难以企及的成就。遇事时要打破固定思维,运用积极思考的力量,任何难题都会迎刃而解。

9

07　招聘考试

20世纪70年代初,美国麦当劳总公司看好中国台湾市场,正式进军台湾岛之前,他们需要在当地培训一批高级干部,于是进行公开的招聘考试。由于要求的标准颇高,许多初出茅庐的青年企业家都未能通过。

经过再三筛选,一位名叫韩定国的某公司经理脱颖而出。最后一轮面试前,麦当劳的总裁和韩定国夫妇谈了三次,并且问了他一个出人意料的问题:"如果我们要你先去洗厕所,你会愿意吗?"

韩定国还未及开口,一旁的韩太太便随意答道:"我们家的厕所一向都是由他洗的。"

总裁大喜,免去了最后的面试,当场拍板录用了韩定国。

后来韩定国才知道,麦当劳训练员工的第一堂课就是从洗厕所开始的,因为服务业的基本理论是"非以役人,乃役于人",只有先从卑微的工作开始做起,才有可能了解"以家为尊"的道理。韩定国后来之所以能成为知名的企业家,就是因为一开始就能从卑微小事做起,干别人不愿意干的事情。

心灵驿站

"低就"不一定就低人一等。对于许多求职的人们来说,首要的不是先瞄准令人羡慕的职位,而应该从一开始就树立正确的就业观念。如果干什么都挑三拣四,或者以为选准一个岗位便可以一劳永逸,那么你就可能永远是真正的低人一等。正如台湾的女作家杏林子所说:现代社会,昂首阔步、趾高气扬的人比比皆是,然而有资格骄傲却不骄傲的人才是真正的高贵。

08 用马拉着的汽车

一个老印第安人一夜之间暴富,立刻买了一辆豪华汽车。

他每天都会开车去附近又热又脏的小镇一趟。他希望看见每一个人,也希望别人都看见他。他待人和善,总是"开着"车左弯右绕地穿过小镇,去和每一个人说话。

但这对他的身体和财富并没有任何损害。原因很简单,这辆大而美丽的汽车是由两匹马拉着的。

其实,并非汽车引擎有毛病。只是老印第安人不知插进钥匙去发动它。

> **心灵驿站**
>
> 我们每个人身上,都有着没有被发掘的潜能,因为我们不懂得运用,从而使它白白浪费了。其实,原本我们可以生活得更美好,也可以更轻松,但是我们却不知道善于利用自身的资源,结果也就无法享受那种惬意和愉快,因此使得本来享有的荣誉也显得非常黯淡了。

09 冠军与蚊子

在一场举世瞩目的赛事中,台球世界冠军已走到卫冕的门口。他只要把最后那个8号黑球打进球袋,就会奏响凯歌了。可就在这时,不知从什么地方飞来了一只蚊子。蚊子第一次落在冠军握杆的手臂上。冠军感到有些痒,停了下来。蚊子飞走了,这回竟飞落在了冠军紧锁着的眉头上。冠军只好又不情愿地停下来,烦躁地去打那只蚊子。蚊子又轻捷地脱逃了。冠军做了一番深呼吸后再次准备击球。天啊!他发现那只蚊子又回来了,像个幽灵似的落在了8号黑球上。冠军真是气不打一处来,拿起球杆对着蚊子打过去。蚊子受到惊吓飞走了,可球杆却触动了黑球,黑球当然也没有进洞。按照比赛规则,该轮到对手击球了。对手抓住机会死里逃生,一口气把自己该打的球全打进了。

卫冕失败,冠军恨死了那只蚊子。可惜的是他后来患了重病,再也没有机会走上赛场。临终时他还对那只蚊子耿耿于怀。

心灵驿站

因一只蚊子而卫冕失败,实在令人痛惜。但倘若那位冠军当时能以大局为重,控制好情绪,遗憾便不会发生。可见,小不忍则乱大谋。生活中谁都难免遇到一些烦恼的事,如果任由怨恨的情绪滋生,便会被愤怒冲昏头脑,做出不理智的事,以致因小失大。因此,每个人都要理智地对待不愉快的事情,以大局为重,不要让小事左右了自己的情绪,以免因小失大。

10　平静的图画

国王提供了一份奖金,希望有画家能画出最平静的画。许多画家都来尝试。国王看完所有画,只有两幅他最喜爱,于是,他决定从中作出选择。

一幅画是一个湖,湖面如镜,倒映出周围的群山,上面点缀着如絮的白云。大凡看到此画的人都同意这是描绘平静的最佳图画。

另一幅画也有山,但都是崎岖和光秃的山,上面是愤怒的天空,下着大雨,雷电交加。山边翻腾着一道涌起泡沫的瀑布,看来一点都不平静。但当国王靠近一看时,他看见瀑布后面有一细小的树丛,其中有一个母鸟筑成的巢。在那里,在奔腾的水流中间,母鸟坐在它的巢里显得非常的平静。

到底哪幅画能赢得奖赏?国王选择了后者。"因为,"国王解释道:"平静并不等于一个完全没有困难和辛劳的地方。"

心灵驿站

在纷繁的世界中,祈求完全平静的生活,是不可能的。只有懂得在喧闹过后,从内心的平静中,换个角度看待周围的人和事,或许你就能从他人的生活经历中,咀嚼出生命的真谛。

11　最短的演讲

美国飞机发明家莱特兄弟，是一对很善于思索又刻苦钻研的兄弟，可是他们却是一对最不善于交际的难兄难弟，他们最讨厌的就是演讲。

有一次在某个盛宴上，酒过三巡，主持者便请大莱特发表演说。

"这一定是弄错了吧？"大莱特为难地说："演说是归舍弟负责的。"

主持者于是转向小莱特。小莱特便只好站起来说道："谢谢诸位，家兄刚才已经演讲过了。"就这样推来推去，人们还是不放过兄弟俩。经各界人士再三邀请，小莱特只说了这样一句话："据我所知，鸟类中会说话的只有鹦鹉，而鹦鹉是飞不高的。"

这只有一句话的演讲，却博得了人们长时间的热烈的掌声。

心灵驿站

人因其有语言能力而高于动物，但如果不管对什么都喋喋不休，那就是低于动物的表现。如果有人问你，应该立即回答，并力求简洁。聪明的人，是习惯于理智地发问，平静地回答的人。

12　卑微的伟人

一位父亲带儿子去参观凡·高故居，在看过那张小木床及裂了口的皮鞋之后，儿子问父亲："凡·高不是位百万富翁吗？"父亲答："凡·高是位连妻子都没娶上的穷人。"

● 第一章 修炼一个精彩的人生

第二年,这位父亲又带儿子去丹麦。在安徒生的故居前,儿子又困惑地问:"爸爸,安徒生不是生活在皇宫里吗?"父亲答:"安徒生是位鞋匠的儿子,他就生活在这栋阁楼里。"

这位父亲是一个水手,他每年往来于大西洋各个港口,他儿子叫伊东布拉格,是美国历史上第一位获普利策奖的黑人记者。二十年后,在回忆童年时,他说:"那时我们家很穷,父母都是靠出苦力为生。有很长一段时间,我一直认为像我们这样地位卑微的黑人是不可能有什么出息的。好在父亲让我认识了凡·高和安徒生,这两个人的经历让我知道,上帝没有看轻卑微。"

心灵驿站

上帝对每一个人都是平等的。在这个世界上,只有一个人可以改变和决定我们的命运,这个人就是我们自己。只有改变了自己的内心,才能真正地改变自己的命运。

13 小气的人成不了大事

卡恩站在一个百货商场门口目不暇接地浏览着琳琅满目的商品。

这时,他身边走来一个衣冠楚楚的绅士,嘴里叼着雪茄。

卡恩恭敬地走上前,对绅士礼貌地问:"您的雪茄很香,好像很贵吧?"

"两美元一支。"

"好家伙……您一天抽几支呢?"

"10支吧。"

"天哪!您抽烟多久了?"

15

"40年前就抽上了。"

"什么？您仔细算算，要是不抽烟的话，那些钱足够买下这幢百货商场了。"

"那么说，您也抽烟了？"

"我才不抽呢。"

"那么，您买下这幢百货商场了吗？"

"没有啊。"

"告诉您，这一幢百货商场就是我的。"

心灵驿站

小气的人，永远也成不了大事。吝啬的人是被财产占有，而非占有财产，对于他所拥有的，正如他所没有的，同样感到缺乏。

14　自己家的窗户脏了

有个太太多年来不断指责对面太太很懒惰，"那个女人的衣服，永远洗不干净。看,她晾在院子里的衣服,总是有斑点,我真的不知道,她怎么连洗衣服都洗成那个样子……"

直到有一天,有个明察秋毫的朋友到她家,才发现不是对面的太太衣服洗不干净。细心的朋友拿了一块抹布,把这个太太的窗户上的灰渍抹掉,说:"看,这不就干净了吗?"

原来,是自己家里的窗户脏了。

心灵驿站

看别人的问题,总比看自身的问题容易些。有些人总是习惯把错误推给别人,出了错就怪罪别人,却从来都不检讨自己。"吾日三省吾身。"在责怪他人的时候,我们应该先搞清楚事情的真相,别冤枉了好人。

15　秀才与铁匠

正值赶考时节,有一位秀才欲赴省城参加考试,恰逢妻子即将临盆,留她一人在家,秀才也不放心,于是就带着妻子同行,希望能赶到省城之后再生产。一路舟车劳顿,也不知是动了胎气,还是孩子急着想早一刻出来,妻子竟在半路肚子疼了起来,眼看就要生了。

沿途住家稀少,勉强向前赶了一段路,才找到一处人家,秀才急忙上前敲门。这户人家以打铁为业,刚巧铁匠的老婆也正要生产。算来也是秀才的运气好,现成的接生婆正好顺便帮妻子接生。

过不多时,秀才的妻子和铁匠的老婆安然产下了两个儿子,两对母子都很平安。两个男婴算来竟是同年同日且同一时辰生下的。

十六年后,秀才的儿子长大了,子承父业,也考上了秀才。老秀才大

17

喜之余,想起铁匠的儿子与自己的秀才儿子的生辰八字相同,想必也是个秀才了。

回想当年收容妻子的临盆之恩,秀才便准备了四色礼物,专程赶往铁匠家中,欲向他道贺儿子高中之喜。

等到了铁匠家中,只见老铁匠坐在门口吸着旱烟,屋里有一个年轻后生,赤着上身正忙着打铁。秀才将礼物呈上,并问老铁匠他的儿子哪里去了。

老铁匠指了指屋里,说道:"喏,不就在那儿,哪里也没去啊!"

秀才诧异道:"是他,这就奇怪了。按命理说来,你儿子和我儿子生辰时刻相同,八字也一样,理应此时也该是个秀才才对,怎么会……"

铁匠大笑:"什么秀才,这小子从小跟着我打铁,大字也识不得一个,拿什么去考秀才啊!"

心灵驿站

环境会影响一个人的命运,只有先改变生存的环境和拥有一个能够肯定自己、相信自己、善待自己的心态,才能改变自己的命运。

16　戴高帽

有一个京官要到外地任职,临行前,去向老师拜别。

老师说:"去外地当官可不容易,你要小心谨慎为好。"

京官说:"老师放心,我准备了一百顶高帽,逢人便送一顶。这样,应该不至于会有什么问题的。"

老师听了很生气,当场训斥他:"吾辈为官,不可搞邪门歪道,哪有像你这样办事的?"

京官说:"老师这话说得很对,可是当今这个世界上,像老师这样不喜欢戴高帽的人,能有几个?"

老师听了转怒为喜,点点头说:"你这一句话倒也说得很对!"

京官从老师那里辞别出来后,笑着对人说:"我的一百顶高帽,如今只剩下九十九顶了!"

心灵驿站

人最大的毛病就是爱慕虚荣,爱慕虚荣的人最喜欢让别人戴高帽,让别人奉承他。还有的人,别人奉承他,他居然听不出是讽刺,还信以为真,这样的人才是最可悲的。

17　上帝给人打分

有一天,上帝创造了三个人。他问第一个人:"到了人世间你准备怎样度过自己的一生?"第一个人想了想,回答说:"我要充分利用生命去创造。"

上帝又问第二个人:"到了人世间你准备怎样度过你的一生?"第二个人想了想,回答说:"我要充分利用生命去享受。"

上帝又问第三个人:"到了人世间你准备怎样度过你的一生?"第三个人想了想,回答说:"我既要创造人生又要享受人生。"

上帝给第一个人打了五十分,给第二个人打了五十分,给第三个人打了一百分。他认为第三个人才是最完美的人,甚至决定要多生产一些"第三个"这样的人。

第一个人来到人世间,表现出了不平常的奉献感和拯救感。他为人们作出了许许多多的贡献。而对自己帮助过的人,他从无所求。他为真理而奋斗,屡遭误解也毫无怨言。渐渐地,他成了德高望重的人,他的善行被人们广为传颂,他的名字被人们默默敬仰。他离开人间时,所有的人都依依不舍,人们从四面八方赶来为他送行。直至若干年后,人们还一直深深怀念着他。

第二个人来到人世间,表现出了不平常的占有欲和破坏欲。他为了达到目的不择手段,无恶不作。慢慢地,他拥有了无数的财富,生活奢华,挥霍无度,妻妾成群。后来,他因作恶太多而得到了应有的惩罚。正义之剑把他驱逐出人间的时候,他得到的只有鄙视和唾骂。若干年后,他还一直被人们深深痛恨着。

第三个人来到人世间,表现得很普通。他建立了自己的家庭,过着忙碌而充实的生活。若干年后,没有人记得他的生存。

人类为第一个人打了一百分,为第二个人打了零分,为第三个人打了五十分。这个分数,才是他们的最终得分。

心灵驿站

人的生命价值是对他人而言的,浑浑噩噩,行尸走肉,等于没有价值;吸他人的血,不断占有和破坏,价值为负数;只有创造和奉献,才能体现为正数的价值。

18 时间就是宝藏

哲人伏尔泰问:"世界上,什么东西是最长的而又是最短的;最快的而又是最慢的;最能分割的又是最广大的;最不受重视的又是最受惋惜的;没有它,什么事情都做不成;它使一切渺小的东西归于消灭,使一切伟大的东西生命不绝?"

智者查帝格回答:"世界上最长的东西莫过于时间,因为它永无止境;最短的东西也莫过于时间,因为人们所有的计划都来不及完成;在等待着的人看来,时间是最慢的;在作乐的人看来,时间是最快的;时间可以扩展到无穷大,也可以分割到无穷小;当时谁都不重视,过后谁都表示惋惜;没有时间,什么事都做不成;不值得后世纪念的,时间会把它冲走,而凡属伟大的,时间则把它们凝固起来,永垂不朽。"

心灵驿站

"逝者如斯夫,不舍昼夜!"珍惜时间就是珍惜生命,生命对于每个人都很重要,我们每个人都应好好地珍惜时间,创造自己的生命价值。

19　亚历山大与第欧根尼

亚历山大12岁的时候,他的父亲腓力二世的宫廷来了一匹性情暴躁的烈马,谁都不敢靠近。亚历山大却跃到马背上,驱赶着马冲进太阳底下,父王感慨地说:"儿啊,有朝一日,你一定会找到适合自己的大帝国。"

亚历山大20岁的时候继承王位,立即开始准备征讨波斯。他继位时,希腊各城邦的学者、政治家都纷纷向他献贺词,只有住在木桶里的犬儒学派的乞丐哲学家第欧根尼拒绝前来捧场,亚历山大就亲自去拜访他。亚历山大说:"我是亚历山大,伟大的皇帝。"第欧根尼不卑不亢地答道:"我是第欧根尼,犬儒派。"亚历山大说:"你可以向我请求你要的任何恩赐。"回答是:"那就请让开,不要挡住我的阳光。"亚历山大叹道:"我若不是亚历山大，必做第欧根尼！"

这也许是一则杜撰的故事，但耐人寻味。

心灵驿站

任何时候你都不可以看轻了自己。要有野心，正是受这种勃勃野心的推动，我们才能对任何挫折都不低头，一路披荆斩棘，勇往直前，直到到达成功的顶峰。

20　只要再坚持一下

在20世纪50年代，有一位女游泳选手，她发誓要成为世界上第一位横渡英吉利海峡的女性。为了达到这个目的，她不断地练习，不断地为这历史性的一刻做准备。

这一天终于来临了。

女选手充满自信地昂首阔步，在众多媒体记者的注视下，满怀信心地跃入大海中，朝对岸英国的方向游去。

旅程刚开始时，天气非常好，女选手很愉快地向目标挺进。

但是随着越来越接近英国海岸，海上起了浓雾，而且越来越浓，几乎到了伸手不见五指的程度。

女选手处在茫茫大海中，完全失去了方向感，她不知道到底还要多远才能上岸。她越游心里越没底，越来越筋疲力尽。最后她终于宣布放弃了。当救生艇将她救起时，她才发现只要再游100多米就到岸了。

众人都为她惋惜，距离成功就那么近了。

她对着众多的媒体说："不是我为自己找借口，如果我知道距离目标只剩100多米，我一定可以坚持到底，达成目标的。"

心灵驿站

有些时候,也许只是少了那么一点点的坚持,成功就会与之擦肩而过。常言道:坚持就是胜利。人贵有坚持到底的毅力和勇气。请记住:坚持一下,再坚持一下,我们就能走出困境,取得成功。

21 聪明的画师

传说古时候,有一个国王长得十分丑陋。他的一只眼睛瞎了,还有一条腿瘸着。

然而,就是这样的一个国王,有一天,他竟召集全国的画师来为他画像。并发话说:谁画得令他满意他就给予赏赐,不满意的就要被杀头。

有一个画师想:"国王的威严谁敢冒犯!尽管国王长相丑陋,我还是给他画张漂亮的吧。"于是,他画了一张画像呈献给国王。画上的国王不瞎不瘸不丑,威严无比。谁知国王一看,勃然大怒道:"善于弄虚作假、阿谀奉承的人,一定是个有野心的小人,留之何益,拉出去斩首!"这个画师被杀了。

这时,第二个画师想:"既然画虚假的画像国王恼怒,那么我就给他如实地画像吧。"第二个画师又画了一张画像呈献给国王,只见画像上的国王瞎着一只眼,瘸着一条腿,又老又丑,没一点一国之君的威严形象。国王一看怒火中烧,大喝道:"竟敢如此丑化国王,冒犯天威,此等狂妄之徒,留之何益,拉出去斩首!"第二个画师也被杀了。

画师们见此情景,个个吓得魂不附体,哪个还敢冒险为国王画像?但如果不画肯定是不行的,照样会被杀头的。正在众画师为难之时,人群中闪出一个人来,他双手呈上一幅画像给国王。

国王一看这幅画像,不禁连连称叹,赞不绝口,并将画像赐给群臣观赏。

这是一幅国王狩猎图。只见国王一条腿站在地上,一条腿登在一树墩上,睁一只眼,闭一只眼,正在引弓瞄准。这幅画真是太妙了,百官惊叹不已,画师们更是啧啧连声,自叹不如。国王最后赐给这个画师千两黄金作为奖赏。

心灵驿站

生活中我们往往会遇到意想不到的状况,令你处于两难境地。随机应变,积极思考,是一种处世技巧,更是一种做事的智慧。

22 苏格拉底逛街

有一次,大哲学家苏格拉底突然心血来潮,想出去走走。于是一些学

小故事大智慧全集

生怂恿老师去当时最热闹的市集逛逛。

"老师！那儿的衣服真多，绫罗绸缎样样都有，色彩也是五花八门……"一位学生说道。

"老师！那儿的珠宝可真是琳琅满目，玛瑙、翡翠、珍珠、玉器，要什么有什么……"另一位学生说道。

"那儿的百货日用品才多呢！衣、食、住、行各方面，保证会让你满载而归！"学生们七嘴八舌地说道。

第二天，苏格拉底一进课堂，学生们立刻围了上来，争相要他谈谈此行的收获。

"此行唯一的收获，"只见苏格拉底顿了一顿说道："就是发现，原来我并不需要这么多东西。"

心灵驿站

物质只是身外之物,它对于人的意义也只不过是提供一时之需而已。追求物质过于贪婪,将使人变得鼠目寸光,缺乏远见,止步不前。所以,我们要学会消化物欲。

23 机智的丘吉尔

英国首相丘吉尔有一个习惯,一天中无论什么时候,只要一停止工作,就爬进热气腾腾的浴缸中去洗澡,然后裸着身体在浴室里来回踱步,以此休息。

第二次世界大战期间,丘吉尔来到华盛顿会见当时的美国总统富兰克林·罗斯福,要求两国共同抗击德国法西斯,并给予物资援助。丘吉尔受到了热情接待,并被安排住进白宫。

一天早晨,丘吉尔洗完澡,在白宫的浴室里正裸着身子在那里踱步时,有人敲浴室的门。

"进来吧,进来吧。"丘吉尔大声喊道。

门一打开,出现在门口的是美国总统罗斯福。他看到丘吉尔一丝不挂,便转身想退出去。

"进来吧,总统先生,"丘吉尔伸出双臂,大声呼唤:"大不列颠首相是没有什么东西需要对美国总统隐瞒的。"说完两人哈哈大笑起来。

这次谈判获得了成功,英国得到美国的大力援助。可以设想,丘吉尔的那句话,对谈判不无作用!

心灵驿站

丘吉尔不仅巧妙化解了窘境,也表达了自己的诚意,从而获得别人的好感。真诚、坦率和机智能够创造奇迹。

24　聪明的理发师

从前,有一个宰相请一个理发师修面。

理发师给宰相修到一半时,也许是由于过分紧张,不小心把宰相的眉毛刮掉了。哎呀!不得了了,他暗暗叫苦。顿时惊恐万分,深知宰相如果怪罪下来,那可担当不起呀!

理发师是个常在江湖上行走的人,深知人们的普遍心理:盛赞之下无怒气。他急中生智,猛然醒悟!连忙停下剃刀,故意两眼直愣愣地看着宰相的肚皮,仿佛要把五脏六腑看个透。

宰相见他这模样,感到莫名其妙,迷惑不解地问道:"你不修面,却光看我的肚皮,这是为什么呢?"

理发师忙解释说:"人们常说,宰相肚里能撑船,我看大人您的肚皮并不大,怎么能撑船呢?"

宰相一听理发师这么说,哈哈大笑:"那是说宰相的气量最大,对一些小事情,都能容忍,从不计较的。"

理发师听到这话,"扑通"一声跪在地上,声泪俱下地说:"小的该死,方才修面时不小心将相爷的眉毛刮掉了!相爷气量大,请千万恕罪。"

宰相一听啼笑皆非:眉毛给刮掉了叫我今后怎么见人呢?不禁勃然大怒,正要发作,但又冷静一想:自己刚讲过宰相气量最大,怎能为这件小事,将他治罪呢?

于是,宰相便豁达温和地说:"无妨,你去把笔拿来,把眉毛画上就是了。"

心灵驿站

每个人都有一定的度量,都会有宽容之心。但在怒气未消之前,度量全被掩埋。因此做错事的时候,不妨先用赞誉激活对方的度量,然后再承认自己的错误,就会取得对方的谅解。

25　名气

约翰和迈克打赌两千美元说他能和麦当娜共舞一曲,结果他赢了。接着他又赌他能和克林顿共进晚餐,迈克又输了。最后,约翰赌他能和教皇一起出席重大的宗教仪式。

在那个仪式上,约翰和教皇站在一起,远远地看到迈克旁边的一个人和他耳语了一句,迈克就晕倒在地上了。

29

事后迈克解释说:"你和麦当娜在一起我不感到吃惊,和克林顿共进晚餐也没什么,可当你和教皇出现,我旁边的那个人问了我一句话时,我却晕倒了。他问我'约翰旁边的那个人是谁'。"

心灵驿站

名气是相对而言的,在某些特定圈子里,一个世界名人的名气甚至还不敌一个小人物。

26　开始战斗

安东尼·伯吉斯40岁时获知自己患了脑瘤,会在一年内因此而丧命。他知道他需要去战斗。那时他一名不文,没有任何东西可以留给他不久即将寡居的妻子林恩。

伯吉斯过去从未当过专业小说家,但是他总是知道自己有成为小说家的内在潜力,以为他的妻子留下版税作为他唯一的目标。他把一张纸放进打字机,开始写作。他不知道自己的作品能否出版,但是他别无选择。

"这时已是1960年1月份,"他说,"根据病状的诊断,我会活过冬天、春天和夏天,在树叶落下之时死去。"

那时伯吉斯把所有的精力都用在了写作上,在这年过去之前他完成了五部半小说。这差不多相当于埃·摩·福斯特的全部作品量,几乎是J.D.塞林杰作品量的两倍,并且,他以《发呆橙子》一书而出名。

伯吉斯没有死,癌症彻底消失了,他得到了赦免。在他作为小说家漫长而又充实的一生中,他写了70多本书,但是倘若没有当时来自癌症的死亡宣判,他或许根本就不会去从事写作。

● 第一章 修炼一个精彩的人生

心灵驿站

我们很多人就像安东尼·伯吉斯一样,把伟大隐藏于心,需要等待外界的紧急事件方能使之显现出来。问问自己如果你遇到安东尼·伯吉斯当时的困境你会怎么做。"如果我的生命只剩下一年,我该如何不同地生活呢？我该具体做些什么呢？"

27 绝处逢生

20世纪30年代,一位犹太传教士每天早晨总是按时到一条乡间土路上散步。无论见到任何人,总是热情地打一声招呼:"早安。"

其中,有一个叫米勒的年轻农民,对传教士这声问候起初反应冷漠。在当

31

时,当地的居民对传教士和犹太人的态度都不太友好。然而,年轻人的冷漠却未曾改变传教士的热情。每天早上,他仍然给这个一脸冷漠的年轻人道一声早安。终于有一天,这个年轻人脱下帽子,也向传教士道一声:"早安。"

好几年以后,纳粹党上台执政。

这一天,传教士与村中所有的犹太人,被纳粹分子集中起来送往集中营。在下火车列队前行的时候,有一个手拿指挥棒的指挥官,在前面挥动着棒子,叫道:"左,右。"被指向左边的是死路一条,被指向右边的则还有生还的机会。

传教士的名字被这位指挥官点到了,他浑身颤抖,走上前去。当他无望地抬起头来,眼睛一下子和指挥官的眼睛相遇了。

传教士习惯性地脱口而出:"早安,米勒先生。"

米勒先生虽然没有过多的表情变化,但仍禁不住还了一句问候:"早安。"声音低得只有他们两人才能听到。

最后的结果是:传教士被指向了右边——意思是生还者。

心灵驿站

不要低估了一句话、一个微笑的作用,它很可能使一个素不相识的人走近你,与你结交,成为你开启幸福之门的一把钥匙,改变你的一生。

28 不必大惊小怪

暑假里学校组织学生到海边去玩,并规定学生可以在水浅处游泳。孩子们都乐疯了,连胆子极小的也下了水。最后,大家都玩得尽兴了,纷纷上岸。这时发生了一件事,把带队的老师吓得目瞪口呆。原来,那些一二年级的小女孩上得岸来觉得衣服湿了不舒服,便当众把衣服脱了,在那

里拧起水来。光天化日之下，她们竟然营造了一小圈天体营。

老师第一个冲动便是想冲上前去制止——但好在凭着一个教育者的直觉，他等了几秒钟。这一等的功夫，他发现四下里其实没有人大惊小怪。高年级的同学没有投来异样的眼光，傻傻的小男生更不知道他们的女同学不够淑女，海滩上一片天真欢乐。小女孩做的事不曾骚扰任何人，她们很快拧干了衣服，重新穿上——像船过水无痕，什么麻烦都没有留下。

心灵驿站

世间本无事，庸人自扰之。我们芸芸众生，时常被情绪左右，抛弃理智，其实这些也可以不成为问题的。我们不要总是用成人的眼光看待孩子，更不要用自己的标准去强求别人。

29　钓鱼高手

楚国有位钓鱼高手名叫詹何。他钓鱼与众不同:钓鱼线只是一条单股的蚕丝绳,钓鱼钩是用如芒刺般的细针弯曲而成,而钓鱼竿则是楚地出产的一种细竹。凭着这一套钓具,再用破成两半的小米粒做钓饵,用不了多少时间,詹何从湍急的百丈深渊之中钓出的鱼便能装满一辆大车!回头再去看他的钓具:钓鱼线没有断钓鱼钩也没有直,甚至连钓鱼竿也没有弯!

楚王听说了詹何竟有如此高超的钓技后,十分称奇,便派人将他召进宫来,询问其垂钓的诀窍。

詹何答道:"我曾经听已经去世的父亲说过,楚国过去有个射鸟能手,名叫蒲且子,他只需用拉力很小的弱弓,将系有细绳的箭矢顺着风势射出去,一箭就能射中两只正在高空翱翔的黄鹂鸟。父亲说,这是他用心专一、用力均匀的结果。于是,我试着用他的这个办法来钓鱼,花了整整五年的时间,终于完全精通了这门技术。每当我来到河边持竿钓鱼时,总是全身心地只关注钓鱼这一件事,其他什么都不想,全神贯注,排除杂念,在抛出钓鱼线,沉下钓鱼钩时,做到手上的用力不轻不重,丝毫不受外界环境的干扰。这样,鱼儿见到我鱼钩上的钓饵,便以为是水中的沉渣和泡沫,于是毫不犹豫地吞食下去。因此,我在钓鱼时就能做到以弱制强、以轻取重了。"

心灵驿站

用心不专是一个人生活中的大忌。一事无成是人常常用心不专的恶果。一位智者说,即使是最弱小的生命,一旦把全部精力集中到一个目标上也会有所成就。而最强大的生命如果把精力分散开来,最终也将一事无成。

30 名医

魏文王问名医扁鹊说:"你们家兄弟三人,都精于医术,到底哪一位最好呢?"

扁鹊答道:"长兄最好,中兄次之,我最差。"

文王再问:"那么为什么你最出名呢?"

扁鹊答道:"我长兄治病,是治病于病情发作之前。由于一般人不知道他事先能铲除病因,所以他的名气无法传出去,只有我们家的人才知道。我中兄治病,是治病于病情初起之时。一般人以为他只能治轻微的小病,所以他的名气只及于本乡里。而我扁鹊治病,是治病于病情严重之时。一般人都看到我在经脉上穿针管来放血、在皮肤上敷药做手术,所以以为我的医术高明,名气因此响遍全国。"

文王说:"你说得真是太棒了!"

心灵驿站

这个世界总是有些东西华丽地吸引住人们的眼球,有些东西则安静而沉默地待在角落。结果只能告诉你前面的过程是否正确,关键是你自己在过程中获得了什么,是否对你有益。追求结果是有条件的,不是所有的结果都是重要的和有用的,有时过程比结果更有意义。

31　再坚持一会儿

曾经听说过这样一个故事：有两个人一起穿越茫茫的戈壁滩，他们带的食物和水都用完了，又饿又渴，其中一个还生病了，行动特别艰难。没有食物还能坚持几天，但如果再找不到水，他们就很难坚持走出去了。

这时，其中健康的那个伙伴从口袋里掏出一把手枪和五发子弹给另一个人，并对他说："我现在要去找水，有了水我们就好办了，要不然非死在这荒漠里。你在这里等着，千万不要离开，每间隔两个小时你就打一枪，有枪声指引我，这样我就能够找到正确的方向，然后与你会合，要不然我会找不到你。如果你打完所有子弹的两个小时以后，我依旧没有回来的话，那就不要再等我，你一个人看是否有别的办法坚持走出去。"另一个人点了点头。

找水的人离去了，留下的那个人就满腹疑虑地躺在沙漠里等待。他按照伙伴说的话去做了，每隔两小时他就打一次枪。时间在焦急的等待中过去，已经打过四次枪了，每打一次他的忧虑就加深一重。只剩下最后一发子弹了，找食物的人却依然没有回来。他开始担心，一会儿担心那同伴可能找水失败，中途渴死了。一会儿他又担心同伴找到水，弃他而去，不再回来。

他越想就越害怕，越怕就越胡思乱想，就在紧张的等待中又过了两个小时，留下的这个人彻底绝望了。伙伴肯定早已听不见我的枪声，等到这颗子弹用完之后，我一个病人还有什么好办法呢？我只有等死而已！而且，在一息尚存之际，兀鹰会啄瞎我的眼睛，那是多么痛苦的事啊！还不如……又过了一刻钟，依旧不见找水的伙伴回来，孤独与死亡的恐惧占领了他的内心，他终于忍不住举起了枪，枪声响了，枪口却对准了自己的头颅！他用第五颗子弹打死了自己。

● 第一章　修炼一个精彩的人生

枪声响过后不久,那位找水的人提着满壶清水领着一队骆驼商旅循声而至,他们所看到的只是一具尸体。其实这个人只要再坚持一会儿就可以活下来,可他怕朋友不能再回来,没有勇气独自去面对,因此他放弃了活着走出戈壁的机会。

心灵驿站

　　歌德说过:你如果失去了财产——你只失去了一点;你如果失去了荣誉——你将失去了许多;你如果失去了勇气——你就把一切都失掉了!恐惧是人类最原始的认识之一,它是人类生存本能的反应。恐惧会让你停滞不前,你的目标永远无法实现;恐惧会使你囿于现状,不敢冒险,安于平庸的生活。经过适当的调整,恐惧可以转化为一种新奇刺激的情绪,帮助你突破个人的极限。

32　20美元

在一个200人的房间里,一位著名的演说家手拿一张20美元的钞票,问道:"谁想要这张钞票?"大家开始举手。

他说:"我要把这张20美元的钞票给在座的一个人,但首先我要这么做。"他开始把钞票揉皱,接着说:"谁还想要?"大家仍然举手。

演说家把钞票扔在地上,并开始用鞋在它上面踩。他捡起钞票,现在钞票已经又皱又脏了。"现在谁还想要?"大家仍然举着手。

"朋友们,你们都已经学习了一堂非常有价值的课。不管我怎么弄,你们仍然想要它,因为它的价值并没有减少。"

由于我们所做的决定和我们所处的环境,在生活中我们会经常跌倒、崩溃,身上沾满污垢,但重要的是,跌倒了,要学会爬起来。

心灵驿站

我们感觉自己好像没有价值。但无论发生或将要发生什么,你将不会失去你的价值:不管是肮脏还是干净的,弄皱还是精美地折叠,对爱你的人来说你仍是无价的。生命的价值不在于我们做了什么或我们知道谁,而在于我们是谁。你是独一无二的——永远不要忘了这一点。

33　采访上帝

"进来，"上帝对我说，"你想采访我？"

"是的，如果您有时间的话。"我说。

上帝微笑了，笑容通过他的胡须绽开，说："我时间的名字叫永恒，足足可以做任何事情。你有什么问题想问我？"

"对您来说是没有新鲜的提问的。人类让您感到最惊奇的事情是什么呢？"

上帝回答道："人类在做孩子的时候感到无聊，盼望着长大，长大后又向往着返回童年；他们浪费自己的健康去赢得个人的财富，然后又浪费自己的财富去重建自身的健康；他们焦虑地憧憬未来，忘记了眼前的生活，于是活得既不是为了现在也不是为了将来；他们活得似乎永远都不会死，他们死得也好像从来没活过……"

上帝握着我的手，我们一阵沉默。过了好长一段时间，我说："我可以再问您一个问题吗？"

上帝用微笑回答了我。

"作为天父，在新的一年里您会要求您的子民做什么？"

上帝做了如下回答：

"去学习人不能强迫别人爱自己，能做的是让自己被爱；

去了解信誉需要多年的努力去建立，但几秒钟就可以毁掉；

去懂得最有价值的不是他们生活中拥有的东西，而是他们生活里的人；

去学会把自己和别人攀比是不好的，比上不足比下总是有余；

去学习富有的人不是他拥有的多，而是他需要的少；

去学会应该端正他们的态度，否则他们的态度会控制他们；

去了解深深地伤害我们所爱的人只需要几秒钟,然而要愈合这个伤口需要许多年;

去学会通过宽恕的行为学习饶恕;

去明白有很多人关爱着他们,只是这些人不懂得如何表达自己的情感;

去了解钱可以买万物,就是买不到幸福;

去懂得在某些时候他们有资格愤怒,但愤怒本身没有给他们权力让身边的人不安;

去学习伟大的梦想不需要有伟大的翅膀,有落地的齿轮才能使梦想成真;

去了解真正的朋友非常稀罕,找到了的人找到了真正的财富;

去懂得自己是言语的主人、诺言的奴隶;

去懂得种什么收什么,如果散播流言蜚语他们就收获勾心斗角,如果种植爱心他们就收获欢乐;

去学会真正的幸福不是实现自己的目标,而是满足于所达到的成就;

去得知幸福是一种决定,他们决定自己是谁,自己为什么而快乐地活,或为自己所没有的东西羡慕妒忌地死;

去明白两个人看同样的事情会看到完全不同的东西;

去学到那些能诚实地面对自己、不担心后果的人,人生之路能走得很远;

去了解尽管有时可能认为自己无能为力,但是当一位朋友同他们一起挥泪的时候,他们能找到生活的勇气去抚平伤痛;

去懂得试图抓住所爱的人,所爱的人会推开你;给所爱的人以自由,他们会永远在你的左右;

去学习尽管"爱"这个字含义很广,滥用这个字会失去她的价值;

去明白他们永远不能用特殊的举动使我爱他们,我爱人类不需要理由;

去认识到他们和我最靠近的距离是'祈祷的距离'。"

心灵驿站

俗话说:"退一步海阔天空。"在日常生活中,当自己的利益和别人利益发生冲突,友谊和利益不可兼得时,为了避免冲突,维持更加和谐的人际关系,首先要考虑舍利取义,宁愿自己吃一点亏。在不伤及自己利益的时候,更要对别人抱宽容的态度。

第二章

请留意路边的风景

人们往往只知道应该珍惜时间,所以什么时候都行色匆匆,而忽略了周围美丽的风景。欲速则不达,匆匆的抉择常会让你与目标背道而驰,只有留下观察与思考的时间,才能不让有限的生命留下太多的遗憾。

01　缺口的圆环

一个圆环失去了一部分，于是它旋转着去寻找这个部分。

因缺少这个部分，它只能非常缓慢地滚动着，这样它就有机会欣赏沿途的鲜花，并可以与阳光对话，同蝴蝶吟唱，和地上的小虫聊天……这些都是它完整无缺、快速滚动时所无法注意、没能享受到的。

后来，这个圆环终于找到了丢失的那个部分，它很高兴，又开始滚动起来。可是，因为完整，滚得太快，它不能再从容地欣赏鲜花，也没有机会聊天，一切都变得稍纵即逝……最终，这个圆环还是在一片草地上丢下了那个找到的部分，又成为一个有缺陷但快乐的圆环。

心灵驿站

很多人常常抱怨自己的生活不完美，这也不称心，那也不如意，进而导致心情抑郁，对生活没有信心。其实，不完美也是生活的一部分，拥有缺陷是人生另一种意义上的丰富和充实。正视缺陷，我们或许会感受到另一片风景的美丽！

02　马和骑师

一个骑师，让他的马儿接受了全面的训练，以便能够随心所欲地使唤它。只要把马鞭子一扬，那马儿就乖乖地听他支配，而且骑师说的话，马儿都能够明白。

第二章 请留意路边的风景

"这样的马还要缰绳干什么?"他认为仅用言语就可以把马驾驭住了。有一天骑马出去时,骑师就把缰绳解掉了。

马儿在原野上飞快地跑,开始还不算太快,仰着头抖动着马鬃,雄赳赳地高视阔步,仿佛在讨它的主人欢心。但当它知道自己并没有任何束缚之后,英勇的骏马就越发大胆起来。它的眼睛里冒着火,脑袋里充着血,再也不听主人的叱责,愈来愈快地飞驰过了辽阔的原野。

不幸的骑师,如今也没有办法控制他的马了,他想用自己笨拙而颤抖的手把缰绳重新套上马头,但却始终没有办到。完全无拘无束的马儿撒开四蹄一路狂奔着,竟把骑师摔了下来。而它还是只顾着疯狂地往前冲,像一阵风似的,什么也不看,什么也不管,一股劲儿冲下深谷,摔了个粉身

45

碎骨。

"我的可怜的好马呀，"骑师伤心欲绝，悲痛地大叫道："是我亲手造就了你的灾难啊，如果我不冒冒失失地解掉缰绳，你就不会不听我的话，就不会把我摔下来，你也就绝不会落得这样悲惨的下场。"

心灵驿站

有道是："没有规矩，不成方圆。"生活中有很多的规则，我们要自觉地遵守，按规则去办事。我们也要学会约束自己，不要盲目地去以身试法，这样只会让自己头破血流，甚至搭上性命。

03　急躁的儿子

从前，有一个人与他的父亲一起耕作一小块地。一年几次，他们会把蔬菜装满那老旧的牛车，运到附近的城市去卖。除姓氏相同，又在同一块田地上工作外，父子二人相似的地方并不多。

老人家认为凡事不必着急，年轻人则个性急躁、野心勃勃。一天清晨，他们套上了牛车，装满了一车的货，开始了漫长的旅程。儿子心想他们若走快些，日夜兼程，第二天清早便可到达市场。于是他用棍子不停催赶牛车，要牲口走快些。

"放轻松点，儿子，"老人说，"这样你会活得久一些。"

"可是我们若比别人先到市场，我们更有机会卖个好价钱。"儿子反驳。

父亲不回答，只把帽子拉下来遮住双眼，在座位上睡着了。年轻人很不高兴，愈发催促牛车走快些，固执地不愿放慢速度，他们在四小时内走了四里路，来到一间小屋前面，父亲醒来，微笑着说："这是你叔叔的家，我

第二章 请留意路边的风景

们进去打声招呼。"

"可是我们已经慢了一小时。"着急的儿子说。

"那么再等几分钟也没关系。我弟弟跟我住得这么近,却很少有机会见面。"父亲慢慢地回答。

儿子生气地等待着,直到两位老人慢慢地聊了一小时,才再次启程,这次轮到老人驾驭牛车。走到一个岔路口,父亲把牛车赶到右边的路上。

"左边的路近些。"儿子说。

"我晓得,"老人回答,"但这边的路景色好多了。"

"你不在乎时间?"年轻人不耐烦地说。

"噢,我当然在乎,所以我喜欢看美丽的风景,尽情享受每一刻。"

蜿蜒的道路穿过美丽的草地、野花,经过一条发出淙淙声的河流——这一切年轻人都没有看到,他心里翻腾不已,心不在焉,焦急至极,他甚至没有注意到当天的日落有多美。

黄昏时分,他们来到一个宽广、多彩的大花园。老人吸进芳香的气味,聆听小河的流水声,把牛车停了下来,"我们在此过夜好了。"老人说。

"这是我最后一次跟你做伴,"儿子生气地说,"你对看日落、闻花香比赚钱更有兴趣!""对了,这是你许久以来所说的最好听的话。"父亲微笑着说。

几分钟后,他开始打鼾,儿子则瞪着满天的星星,长夜漫漫,儿子好久都睡不着。天不亮,儿子便摇醒父亲。他们马上动身,大约走了一里,遇到另一位农夫——素未谋面的陌生人正力图把牛车从沟里拉上来。

"我们去帮他一把。"老人低声说。

"你想失去更多时间?"儿子勃然大怒。

"放轻松些,孩子,有一天你也可能掉进沟里。不要忘记,我们要帮助有所需要帮助的人。"

儿子生气地扭头看着一边。等到另一辆牛车被拉回到路上时,几乎已是早晨八点钟了。突然,天上闪出一道强光,接下来似乎是打雷的声音。群山后面的天空变成一片黑暗。

47

"看来城里在下大雨。"老人说。

"我们若是赶快些,现在大概已把货卖完了。"儿子大发牢骚。

"放轻松些,那样你会活得更久,你会更能享受人生。"仁慈的老人劝告道。

到了下午,他们才走到俯视城市的山上。站在那里,看了好长一段时间,二人不发一言。

终于,年轻人把手搭在老人肩膀上说:"爸,我明白你的意思了。"

心灵驿站

珍惜时间是对的,但也不要把自己赶得太急,这样无异于一台不停运转的机器。生活不是单纯的赚钱,也不是疯狂的工作,没有必要把每天的生活都安排得紧紧的。要留下一点空间,放松自己来欣赏一下四周的风景,这样你才能走得更远。

04 老子、儿子和驴子

一个炎热的夏天,父亲带着儿子和一头驴走在墨西哥城肮脏的街道上。父亲骑在驴背上,孩子牵着驴。

"可怜的孩子,"一位过路人说,"瞧他的小短腿,怎能跟得上驴子的步伐呢?看他父亲懒洋洋地骑在驴背上,让孩子吃力地走,怎么忍心啊!"

父亲听见了,马上从驴背上跳下来,让儿子骑上去。

可没走多远,又有一位过路人说:"多丢人啊!这小兔崽子骑在驴背上神气活现的,可他那可怜的老父亲却在艰难地步行。"

这话深深刺伤了孩子的心,于是他请父亲也爬上驴背,坐在他后面。

"你们见过这种事吗?"一个女人叫了起来,"多残忍啊!这可怜的

驴,背都压弯了,可这老饭桶和他儿子却悠然自得地骑在上面,就像坐在软椅上似的——这可怜的生灵啊!"

父子俩又成了人们攻击的靶子。于是,爷儿俩二话没说,赶紧跳下驴背。

可没走几步,又遇上个家伙笑话起他们:"感谢真主,我没这么愚蠢。为什么你们放着这头不驮东西的驴不骑,却用脚走路,哪怕有一个人骑上也好啊!"

父亲听后对儿子说:"不管我们怎样做,都会有人反对。我想,我们应该自己考虑考虑,到底怎样做才对。"

心灵驿站

有很多人在做一件事情时,往往经不起别人的几句否定之词,就放弃了自己的计划,停止了手中的工作。殊不知,别人的言行并不一定能客观地反映事物的真相,只要我们行得稳,走得正,就一定可以在众人面前证实自己的清白。

相信自己吧!坚定地走自己的路,别在乎别人说什么。

05　土拨鼠哪去了

课堂上,老师给同学们讲了一个故事:有三只猎狗追一只土拨鼠,土拨鼠钻进了一个树洞。这个树洞只有一个出口,可不一会儿,居然从树洞里钻出一只兔子,兔子飞快地向前跑,并爬上另一棵大树。兔子在树上,仓皇中没站稳,掉了下来,砸晕了正仰头看的三条猎狗,最后,兔子终于逃脱了。

故事讲完后,老师问:"这个故事有什么问题吗?"同学们说:"兔子不会爬树;一只兔子不可能同时砸晕三条猎狗。""还有呢?"教师继续问。直到同学们再也找不出问题了,老师才说:"可是还有一个问题,你们难道都没有想过,土拨鼠哪去了?"

心灵驿站

在追求人生目标的过程中,我们有时也会被途中的细枝末节和一些无意义的琐事,分散了精力,扰乱了视线,以至中途停顿下来,或是走上岔路,而放弃自己原先追求的目标。不要忘了时刻提醒自己,土拨鼠哪去了?做事要分得清主次,不要随意改变自己的目标。

06　学会认输

这一课没有哪个学校开设,但我们却都应该学会,这一课叫:学会认输!

第二章 请留意路边的风景

学会认输是什么？一个人如果听惯了这些词汇：百折不回、坚定不移、前赴后继、永不言败……那么，他需要学会认输。

学会认输，就是知道自己在摸到一张臭牌时，不要再希望这一盘是赢家。只有傻子才在手气不好的时候，对着自己手上的一把臭牌说，咱们只要努力就一定会胜利。当然，在牌场上，大多数人在摸到一张臭牌时会对自己说，这一盘输定了，无所谓，抽口烟歇口气，再重新来过。可在实际生活中，像打牌时一样明智的，却少之又少。想想看，你手上是不是正捏着一张臭牌，却舍不得丢掉？

学会认输，就是在陷进泥塘里的时候，知道及时爬起来，远远离开那个泥塘。有人说，这个谁不会呀！可是，那个泥塘也许是个"国营单位"，也许是个投资项目，也许是个"三角"或"多角"恋爱，也许是个当作家的梦……有的人在这样的泥塘里会怎么想呢？他们会想，让人家看见我一身污泥地爬出来多难为情呀；会想，也许这个泥塘是个宝坑呢；还会想，泥塘就泥塘，我认了，只要我不说，没人知道！甚至会想，就是泥塘也没关系，我是一朵荷花，亭亭玉立，出污泥而不染！

学会认输，就是在被狗咬了一口时，不去想着要反咬狗一口；就是在被狗咬了一口以后，不到蚊子法庭去讨公道。有人会说，这有什么难的，又不是傻子。但在现实生活中，被另一类狗咬以后，却很难做到不去跟狗较劲。我们经常见到这样的人，他不承认现实中有"蚊子"和"狗"，他永远都在抱怨蚊子的可耻和狗的卑鄙，到处像狗一样地与蚊子喋喋不休，并且总是张口就来一句"狗日的，气死我了……"来证明他正与狗在讲理。

学会认输，就是上错了公共汽车时，及时地下车，另外坐一辆车。只是这样的行为，一旦不是出现在公共汽车上，自己就不太愿意下车了。比方说，如果是一桩婚姻，一个写了一半的剧本，一个正从事的发明。他们总是努力向售票员证明是他的错，是他没有阻止自己登上汽车，于是就努力说服司机改变行车路线，要求他跟着自己的正确路线前进，于是就下决心消灭这辆汽车，因为消灭一个错误是件伟大的事业，于是就坚持坐到底，因为在999次失败后也许就是最后的成功。

心灵驿站

人生的道路上，我们常常被高昂而光彩的词汇冲昏了头脑，以不屈不挠、百折不回的精神坚持死不认输，最后却输掉了自己！学会认输应该是最基本的生活常识，臭牌教过我们，泥塘教过我们，蚊子和狗也教过我们，只是我们一离开这些老师，就不愿意从上错了的车上走下来。

07　放慢生命的脚步

一位年轻的总裁，开着他的新车经过住宅区的巷道，车速很快。他必须小心正在做游戏的孩子突然跑到路中央来，所以当他觉得小孩子快跑出来时，就要减慢车速。就在他的车经过一群小朋友的时候，一个小朋友丢了一块砖头砸到了他的车门，他很生气地踩了刹车，并把车倒到砖头丢出来的地方。

他跳出车外，抓住那个小孩，把他顶在车门上质问："你为什么这样做，你知道你刚刚做了什么吗？"接着又吼道："你知道修理这台新车需要花多少钱吗？你到底为什么要这样做？"小孩子哀求着说："先生，对不起，我不知道我还能怎么办？我丢砖块是因为没有人停下来。"小朋友说着眼泪从脸颊落到车门上。他啜泣着说："因为我哥哥从轮椅上掉了下来，我没办法把他抬回去。你可以帮我把他抬回去吗？他受伤了，而且他太重了，我抱不动。"

这位年轻的总裁被这些话深受感动了，他抱起男孩受伤的哥哥，把他放到轮椅上，并拿出手帕给他哥哥擦拭伤口，以确定他哥哥没有什么大问题。

那个小男孩感激地说："谢谢你，先生，上帝保佑你。"然后，男孩推着他的哥哥离开了。

年轻的总裁慢慢地走回车上，他决定不修它了。他要让那个凹洞时

第二章 请留意路边的风景

时提醒自己：不要等周围的人丢砖块过来了，自己才注意到生命的脚步已走得过快。

心灵驿站

加快步伐，可以在同样的时间里走更远的路，这是毫无疑问的。生活中，我们常常会忽略很多东西，或是因为生活的忙碌，或是因为自己的粗心大意，就在有意无意间遗漏了很多，有些我们可以挽回，而有些却永远无法挽回。所以，我们要留心生活中的每一个细节，不要让生活留下太多的遗憾。

08　工作不是生活的全部

爱德华的事业很成功,他每周工作七天,每天至少工作十二小时。并没有人强迫他,他认为应该在工作中多花点精力。男人嘛,事业便是生命。

每天他半夜三更才回家,早晨妻子送孩子上学时他还没起床,儿子总是对迷迷糊糊的爸爸道早安。妻子是他青梅竹马的恋人,很爱他。可是她却很少能单独和他在一起,还得陪他应酬客户。

爱德华知道亏欠妻子,所以他经常给她买昂贵的首饰,以此来弥补。爱德华也很爱儿子,他从世界各地给儿子带回稀奇古怪的玩具,还给儿子许多零花钱,并在有限的时间里对儿子说:"我爱你和妈妈。"

一切看起来很美满,直到有一天妻子提出离婚。爱德华说:"亲爱的,你知道我爱你。我们的儿子也需要我。"妻子反驳道:"如果昂贵的首饰是爱的话,那你确实爱我,可惜不是。任何人都比你更配做爸爸。你一年有几天是真正属于我们的?"

心灵驿站

工作和家庭是人生的两条腿，偏向哪一边都会造成身体的倾斜，哪条腿走得慢都会拖后腿。虽然工作是重要的，但家庭同样重要。我们往往因为工作，而失去了许多美好的生活，工作是工作，生活是生活，忽视任何一方都将失去幸福和快乐。

09　一直跑

有个农夫，每天早出晚归，耕种一小片贫瘠的土地，收成也很少。一位官员可怜农夫的境遇，就对他说，只要他能不断往前跑，他跑过的所有地方，不管多大，那些土地就全部属于他。

于是，农夫兴奋地向前跑，一直跑一直跑、一直不停地跑！跑累了，他也想停下来休息，但一想到家里的妻子、儿女都需要更大的土地来耕作、来赚钱，他就又拼命地继续往前跑！真的累了，农夫上气不接下气，实在跑不动了！

可是，农夫又想到将来年纪大，可能缺人照顾，需要钱，于是就再打起精神，不顾气喘不已的身子，再奋力向前跑！

最后，他终于体力不支，"咚"地一声栽倒在地上，死了！

心灵驿站

常言道：知足常乐。然而生活中有些人却永远也不懂得知足，他们总是在满足了一个欲望的同时，又想得到更多，拥有更多，欲望也就会继续地膨胀。这永无止境的贪婪，最终会彻底毁灭一个人。因此，人要学会控制自己的欲望，见好就收是明智之举。

10　面对大鱼和小鱼

　　几个人在湖边垂钓,旁边几名游客在欣赏景色。只见一名垂钓者竿子一扬,钓上了一条大鱼,足有1米长,落到岸上后,仍腾跳不止。奇怪的是钓者却用脚踩着大鱼,解下鱼嘴内的钓钩,顺手将鱼又丢回湖里。围观的人响起一阵惊呼,这么大的鱼还不能令他满意,可见垂钓者雄心之大。

　　就在众人屏息以待之际,钓者鱼竿又是一扬,这次钓上的是一条0.66米的鱼,钓者仍是不看一眼,顺手扔进湖里。

　　第三次,钓者的钓竿再次扬起,只见钓线末端钓着一条不足0.33米长的小鱼。围观众人以为这条鱼定会又被放回,想不到钓者却将鱼解下,

小心地放进自己的鱼篓中。

游客百思不得其解,就问钓者为何舍大而取小。

钓者的回答令人吃惊:"喔,因为我家里最大的盘子只有一尺长,太大的鱼钓回去,盘子也装不下。"

心灵驿站

人的欲望没有止境,欲望诱惑着人们追求最高享受,然而过度的追逐享乐往往会使人们迷失生活的方向。因此无论做什么事,我们都应清醒地知道自己需要什么,学会适可而止,量力而行,不应该盲目地追求不切合实际的东西。

11 皮匠和银行家

一个皮匠从早到晚在唱歌中度过。无论是见到的还是听到的,都使人觉得很愉快。他对于制鞋工作比当上了希腊七贤者还要满足。与此相反,他的邻居是个银行家,拥有万贯家财,却很少唱歌,晚上也睡得不好。他偶尔在黎明时分迷迷糊糊刚入睡,皮匠的歌声就把他吵醒了。银行家郁郁寡欢地抱怨上帝没有将睡眠也制成一种像食品或饮料那样可以买卖的商品。后来,银行家叫人把这位歌手请来,问道:"格列戈里师父,你一年赚多少钱?"

"先生,你问我一年赚多少钱吗?"快乐的皮匠笑道:"我从来不算这笔账,我是一天一天地过日子,总而言之能坚持到年底,每天挣足三餐。"

"啊,那么你一天赚多少钱呢?"

"有时多一点,有时少一点。不过最糟糕的是一年中总有些日子不准我们做买卖,牧师又常常在圣徒名单上添新名字,否则我们的收入也还算不错的。"

银行家被皮匠的直率逗笑了,他说:"我要你从今以后不愁没钱用。这一百枚钱你拿去,小心放好,需要时拿来用吧。"

皮匠觉得自己好像看到了过去几百年来大地为人类所需而制造出来的全部财富,他高兴极了。他回到家中,埋藏好硬币,同时也埋葬了他的快乐。他不再唱歌了,从他得到这种痛苦的根源那一刻起,他的嗓子就哑了。睡眠与他分手,取而代之的却是担心、怀疑和虚惊。白天,他的目光总是朝埋藏硬币的方向望;夜间,如果有只迷途的猫弄出一点声响,他就以为是猫要抢他的钱了。最后,这个可怜的皮匠跑到他那富有的邻居家里说:"把你的一百枚钱拿回去,还我的睡眠和歌声来。"

心灵驿站

有钱是好的,但要有正确的金钱观。如果你拥有了金钱,却还要日夜担心它会失去,影响你的幸福生活,那还不如没有。

12　又冷又咸的雪

在炎热的赤道边上,一位小学老师努力地给儿童描述"雪"的形态,但无论他怎么说,儿童也还是不明白。

老师说:"雪是纯白的东西。"儿童就猜测:雪是像盐一样。

老师说:"雪是冷的东西。"儿童就猜测:雪是像冰淇淋一样。

老师说:"雪是粗粗的东西。"儿童就猜测:雪是像沙子一样。

老师始终不能告诉孩子雪是什么,最后,考试的时候,出了"雪"的题目。结果有几个儿童这样回答:"雪是淡黄色、味道又冷又咸的沙子。"

心灵驿站

俗话说:"百闻不如一见"。有一些事物的真相,用语言文字是无法表达的。对于没有见过雪的人,无论用什么样的语言形容,也很难让他明白雪的形态,要知道雪,只有自己到有雪的地方去看。因此,凡是世间最美好的事物,都是语言文字难以形容与表现的。

13 右 翼

有一人在空军服役,他有一个非常漂亮的妻子。每天早上丈夫离开家去飞机场一小时后,他的妻子就带着一条纯白围巾也离开家,到海滨去散步。丈夫驾驶的飞机每天都从海滨经过,当她看到丈夫的飞机时,就会把白围巾高举起来摇晃着,丈夫看见后,便会把飞机的左翼或右翼降低一下。降左翼的意思是说:我今天非常忙,不能回家;降右翼的意思是说:八小时后,我将把你抱在怀里。

有一天,这个人与其他八个飞行员驾驶的八架飞机一同飞行。当他看见妻子后就把右翼降一下,其余八架飞机不知其故,也都照样将右翼降了一下。

心灵驿站

无论在什么时候,我们都没有必要去刻意模仿别人来改变自己,东施效颦,结果只会迷失自己,闹出笑话。

14　黑　点

课堂上,老师在白板上点了一个黑点。
他问班上的学生说:"这是什么?"
大家都异口同声说:"一个黑点。"
老师惊讶地说:"只有一个黑点吗?这么大的白板你们大家都没有看见?"

心灵驿站

金无足赤,人无完人。每个人都有自身的缺点,我们要以宽容、积极的心态对待他人的缺点,为别人开启一扇窗,也就是让自己看到更完整的天空。

15　打电话

一天深夜,女主人接到一个陌生女人打来的电话说:"我恨透我的丈夫了。"

"你打错电话了。"女主人告诉她。

她好像没听见似的,仍滔滔不绝地说下去:"我一天到晚照顾五个孩子,他还以为我在享福。有时我想出去散散心,他都不肯,而他却天天晚上出去,说是有应酬,谁会相信!"

"对不起,"女主人打断她的话:"我不认识你。"

"你当然不认识我。"她说:"这些话我会对亲朋和认识我的人讲,而弄得满城风雨吗?现在我说了出来,舒服多了,谢谢你。"说完,她挂上了电话。

心灵驿站

俗话说"家丑不可外扬"。但生活中人们往往会对陌生人敞开心扉,因为他们觉得这样更安全,不会伤及自尊。但是这样做往往会忽视了一些另外的事或另外的人,给别人带来麻烦。

16　插向自己的刀

一家公司招聘职员,最后要从三位应聘人员中选出两个。

他们给出的题目是这样的:假如你们三个人一起去沙漠探险,在返回的路途中,车子抛锚了,但你们还有很长的路要走,而且你们三个人只能从七样东西中选择四样随身带着。你会选什么？这七样东西分别是：镜子、刀、帐篷、水、火柴、绳子、指南针。而其中帐篷只能住两个人，水也只有一瓶矿泉水。

甲男选的是：刀、帐篷、水、火柴。

负责面试的经理问他，为什么你第一个就要选刀？

甲男说："害人之心不可有，防人之心不可无。这帐篷只够两个人睡，水只有一瓶，万一要争起来，女孩子我可以让着点，这男的，要是为了争夺生存机会想害我呢？所以，我想如果有把刀在手，也就等于把主动权控制在了手中。"

乙女和丙男选的四样物品相同：水、帐篷、火柴、绳子。

乙女解释说："镜子在沙漠里没什么用，就不要了；指南针呢，只要有手表也就行了；刀不必要，在这茫茫的沙漠上，没有一点活物，更别说是对人具有攻击性的动物了；而水是必需品，虽然只够两个人喝，但可以省着点，相信也能够让三个人一起坚持到最后；帐篷虽然只能容纳两个人睡，但是可以三个人轮换着来休息；火柴也是路上必不可少的；而绳子可以用来把三个人绑在一起，这样在风沙很大目不见物的时候，队伍也不会失散，而且如果遇到沙崩，有同伴掉到沙堆底下，还可以用绳子把他拉回来。"丙男给出的解释与乙女相同。

最后，三位候选人中获聘的是乙女和丙男两位。

心灵驿站

在灾难面前，方能体现出高尚的精神与卑劣的灵魂。"害人之心不可有，防人之心不可无"这句话固然有道理，但在强调团队协作精神的企业里却不适用。如果在紧要关头，一些人把同伴当成假想敌，只顾个人的得失，结果是可想而知的。只有齐心协力，发挥资源的最大效用，才能让整个团队一起渡过难关。

● 第二章 请留意路边的风景

17 春 游

　　在春天的一个美好日子里,许多人结伴到郊外去春游。大家都兴高采烈,带上干粮、水壶便出发了。只有一个有心人带了把雨伞。

　　郊外的山上繁花似锦,草长莺飞,令游人们流连忘返。然而正当渐入佳境的时候,天空中却飞来了一团巨大的乌云,并不时伴着轰隆隆的雷声,眼看就要下雨了,那些没带雨伞的游客,被这突如其来的变故弄得惊慌失措,再也无心游览,一个个抱头鼠窜,跑下山去,寻找避雨的场所。

　　那位带了雨伞的人却并不担心,一把雨伞给了他充分的信心。他一边讥笑其他游客"人无远虑,必有近忧",一边继续往春之纵深踱去,饱餐春之秀色。

　　不一会,雨便下起来了。他撑开了雨伞。不料这一场春雨下得又猛又急,没等他回过神来,大雨便被风裹挟着,直扑他的怀里,巨大的旋风将他及雨伞旋成了一个陀螺。这时的雨伞不但不能给他提供一点保护,反而成了他的累赘,眼看就要旋下山沟,迫不得已,他只有收起雨伞,跌跌撞撞往山下跑。等他赶到众人避雨的地方,早已被浇成了一只落汤鸡。而那些没有带伞的游客,目睹他此时的狼狈相,一个个笑得前仰后合。

心灵驿站

很多时候,人们不是跌倒在自己的缺陷上,而是跌倒在自己的优势上。因为缺陷可以让人时刻保持清醒,而优势却往往使他们得意忘形,进而失去了理智。优势不是绝对的,它在某些时候也会转化成劣势,而劣势也可转化成优势,关键在于我们能否理智地看待。

18 慎 独

有一个出身贫困的孩子十分喜爱钓鱼,可是却从来没有钓到过一尾大鱼。在鲈鱼钓猎开禁前的那天晚上,他和父亲一起来到湖边钓鱼。他们放好鱼线,安好鱼饵,一次次地将鱼线抛向湖水中。

湖面十分平静,他和父亲守在那里等着鱼上钩。可是,很长时间过去了,却没有一条鱼上钩。

就在他们准备起身回家的时候,鱼线突然动了。拎一拎,发觉异常沉重,肯定是一条大鱼上钩了。

男孩兴奋极了,急忙快速地收鱼线,线越收越短,湖面响起了大鱼拍击水面的声音,父亲取出网罩在湖边准备捞住它。

果然是条大鱼,父亲打开手电,照着鱼身,发现它的确是条鲈鱼,银白色的鱼鳞还闪耀着光芒。

父亲看看夜光表,对孩子说:"现在是10点,离开禁还有两个小时,孩子,我们放了它吧。"

孩子说:"不,爸爸,我们好不容易才钓到它的。"

孩子哭了,父亲安慰他:"我们还会钓到更大的鱼。"

孩子环视四周,湖边了无人影,夜色深沉。他对父亲说:"没人知道我们钓到了鲈鱼。"

父亲说:"孩子,湖边没有眼睛,但我们心里有眼睛。"

心灵驿站

　　自制就是自己控制自己。只有做到自制,才会心安理得,才会快乐。哲学家德谟克利特说:"要留心,即便当你独自一人时,也不要说坏话或做坏事,而要学会在你面前比在别人面前更知耻。"

19　贪婪的父子

　　一条细细的山泉,沿着窄窄的石缝,叮咚叮咚地往下流淌,也不知过了多少年,竟然在岩石上冲刷出一个鸡蛋大小的浅坑。奇怪的是,山泉不知从哪儿冲来了黄澄澄的金砂,填满了小坑,天天不增多也不减少。

　　有一天,一位采药的老汉来喝山泉水,偶然发现了清冽泉水中闪闪的

金砂。惊喜之下,他小心翼翼地捧走了金砂。

从此,老汉不再受苦受累,不再翻山越岭采集山药。过个十天半月的,他就来取一次金砂,不用说,日子很快富裕起来。人们都感到蹊跷,不知老汉交上了啥财运,老汉对他天大的秘密守口如瓶,上不告父母,下不告妻小。

老汉的儿子跟踪窥视,发现了父亲的秘密,认真看了看窄窄的石缝、细细的山泉,还有浅浅的小坑,他埋怨父亲不该将这事瞒着,不然早发大财了……

儿子向父亲建议,拓宽石缝,扩大山泉,不是能冲来更多的金砂吗?父亲想了想,自己真是聪明一世,糊涂一时,怎么就没有想到这一点?

说干就干,父子俩叮当叮当,把窄窄的石缝凿宽了,山泉比原来大了好几倍,他们又把小坑凿得又大又深。父子俩累得满头大汗,想到今后可以获得更多的金砂,他们高兴得一口气喝光了一瓶酒,醉成了一团泥……

父子俩天天跑来看,却天天失望而归,金砂不但没增多,反而从此消失得无影无踪。父子俩百思不得其解:金砂哪里去了呢?

心灵驿站

有些人因为贪婪,想得到更多的东西,却把现在所拥有的也都失掉了。

20　不过一念间

两个不如意的年轻人一起去拜望师父:"师父,我们在办公室被人欺负,太痛苦了,求你明示,我们是不是该辞掉工作?"两个人一起问。

师父闭着眼睛,隔了半天,吐出五个字:"不过一碗饭。"然后挥挥手,示意年轻人退下了。

刚回到公司,一个人就递上辞呈,回家种田,另一个人却没有任何动静。

● 第二章 请留意路边的风景

时间过得真快,转眼十年过去了。回家种田的那人以现代方式经营,加上品种改良,居然成了农业专家。另一个留在公司的人努力学,渐渐受到器重,成了经理。

有一天,两个人相遇了。

"奇怪,师父给我们同样'不过一碗饭'这五个字,我一听就懂了。不过一碗饭嘛,日子有什么难过?何必硬靠在公司?所以辞职。"农业专家问另一个人:"你当时为何没听师父的话呢?"

"我听了啊,"那经理笑道:"师父说'不过一碗饭',多受气,多受累,我只要想不过为了混碗饭吃,老板说什么是什么,少赌气,少计较,就成了,师父不是这个意思吗?"

两个人又去拜望师父,师父已经很老了,仍然闭着眼睛,隔半天,答了五个字:"不过一念间。"然后挥挥手……

心灵驿站

简单中孕育着辉煌,平凡中诞生伟大。在遇到决定命运的大事时,不要仓促决定,应该多想想,并保持一颗平常心,不以物喜,不以己悲,踏实做事,生活便会向你敞开怀抱,露出笑脸。

第三章

打开人生的另一道门

当上帝给你关上一扇门的时候,也许他又会为你打开了另一扇门。你要用心体会其中的苦辣酸甜,发掘其中能给你营养的心灵鸡汤,你只有细细品味才能达到那样的境界。

01　生命中的五次选择

第一次,在生命之初,一位仙女跨着篮子走来,对一位年轻人说:"这里有几份礼物,你可以从中选一份。要小心,做一个明智的选择啊,你要明智地进行选择! 因为这里面只有一份礼物是珍贵的。"

一共有五份礼物:名声,爱情,财富,快乐,还有死亡。年轻人迫不及待地说:"没有必要多想。"他选了快乐。

此后他就开始步入世界,追逐年轻人所喜爱的快乐。然而每一种快乐都是如此短暂,令人感到空虚和失望。每当一种快乐弃他而去时,还要把他嘲弄一番。最后,年轻人感叹道:"这些年我都浪费了。要是我可以再选一次,我一定会做一个明智地选择。"

第二次,这时仙女出现了,她说:"还有四份礼物。再选一次吧。噢,记住时间飞逝,而其中只有一件是珍贵的。"

他思考了很久,最终选择了爱情。他没有注意到仙女眼里泛起的泪光。许多许多年之后,这个人坐在一口棺材旁边,屋子里空荡荡的。他自言自语道:"他们一个一个地走了,只剩下我。现在,她就躺在这儿,我最亲爱的人儿,我最后的亲人。孤独一次又一次把我包围。都是因为爱情这个阴险狡诈的商人,他出售给我的每个甜蜜的小时,我要用数千个小时的悲伤来偿还! 我从心底里诅咒他!"

第三次,"你再选一次吧。"仙女又一次说话了。"这些年已经赐予你智慧——也理当如此。这里还有三份礼物,其中只有一份是有价值的——切记,你好好挑吧。"

他想了很久,然后选择了名声。仙女叹了口气,径自离开了。

岁月流转,仙女又回来了,站到他的身旁。已迈入迟暮之年的他孑然一身,心事重重。他在想些什么,她都了然于心。"我的名字传遍世界,每

个人都争相赞颂,有一阵子好像让我心满意足。可那是多么短暂的一阵子啊!随之而来的是妒忌,然后是诋毁,然后是憎恶,然后是迫害,之后是嘲讽,从此一切步入完结。最后便是怜悯,这也是我的名声的葬礼。啊,名声是这般苦涩和痛苦!"

第四次,"不过你还可以重新再挑一次。"仙女的声音再度响起。

"还剩下两份礼物。不要灰心丧气,从一开始就只有一份是宝贵的,而现在它还在那里啊。"

"财富——财富就是力量!我过去多盲目啊!"他说,"现在,终于,我的生命将要变得有意义。我要纵情欢度此生,我要挥霍我的人生。那些对我冷嘲热讽、轻蔑诋毁我的人将要在我面前的泥土里挣扎,而我空乏的心也将因为他们的妒忌而得到满足。我将要享尽荣华富贵,所有欢乐和所有销魂的时光。我要买,买,买!以前我做错了选择,失去了许多时间,就让它过去吧;当时我很无知,我只能选我觉得最好的东西。"

短短的三年又过去了。到了这么一天,这个人蜷缩在一个简陋的小阁楼里,骨瘦如柴,苍白无力,双眼深陷,身上裹着碎布衣衫,浑身颤抖不

停。他一边啃着一块干面包皮，一边咕哝着："该死的礼物，都是为了让我受人嘲笑和欺诈！每一样都叫错了！它们都不是礼物，只是租借品！快乐，爱情，名声还有财富——都只不过是长久现实的暂时伪装——它们其实是永远的痛苦、悲哀、耻辱和贫穷！那个仙女说的没错啊，她所有的东西里只有一样是珍贵的，只有那么一样不是毫无价值的。我现在才明白，其他礼物是多么低贱与卑劣！把它带来吧——那真正宝贵的礼物！我累了，我想休息了。"

第五次仙女出现了，带着以前的那四件礼物，但唯独没有最后那一件——死亡。她说道："我把它给了一位母亲的儿子：一个小孩子。他什么也不懂，但他相信我，让我来帮他挑选，而你并没有这么做。"

"啊，我多可悲啊！那还剩下什么给我呢？"

"一件你也本来不配得到的东西：接受年老体衰的折磨。"

心灵驿站

人生不可避免地要面对名声、爱情、财富、快乐，当然还有死亡，假如你拥有它们，一定要珍惜，如果你挥霍它们，你的一生将毫无意义。

02　把痛苦关在门外

有一次,我去一个朋友家做客,出了电梯,赫然望见门上挂了一个木牌,上头写着两行字:"进门前,请脱去烦恼;回家时,带快乐回来。"

当时,久久凝视,细细玩味,不禁对这家主人萌生无限敬佩。短短的两句话,蕴含的却是深奥的家庭哲理。

进屋后,果见男女主人一团和气,两个孩子大方有礼,一种看不见却感觉得到的温馨、和谐充盈着整个屋子。

自然问及那个木牌,女主人笑着望向男主人:"你说。"男主人则温柔地瞅着女主人:"还是你说,因为,这是你的创意。"女主人甜蜜地笑道:"应该说是我们共同的理念才对。"

经过一番推让,女主人轻缓地说:"其实也没什么大学问,一开始只是提醒我自己,身为女主人,有责任把这个家经营得更好……而真正的起因,是有一回我在电梯镜子里看到自己呈现出一张疲惫、灰暗的脸,一双紧拧的眉毛,下垂的嘴角,烦愁的眼睛……连我自己都吓了一大跳,于是我想,当孩子、丈夫面对这样一张面孔时,会有什么感觉?假如我面对的也是这样的面孔,又会有什么反应?接着我想到孩子在餐桌上的沉默、丈夫的冷淡,这些原先认定是他们不对的事实背后,是不是隐藏了另一种我不了解的原因,那真正的原因,竟是我!当时我吓出一身冷汗,为自己的疏忽而后悔。当晚我便和丈夫长谈,第二天就写了一方木牌钉在门上。结果,被提醒的不只是我而是一家人……"

心灵驿站

　　幸福的家庭生活，其实是一种对人生的态度。人生短暂，快乐也是一天，不快乐也是一天，我们生活中有很多目标，但无论多少目标，也不能忘记快乐也是我们生活的目标之一。

03　聪明的小个子

　　一个周末舞会上，一个女孩子秀发披肩、亭亭玉立，格外引人注目。她像一朵六月的新莲在沸腾的舞池中裙子翩翩飞舞，飘逸而芬芳。

　　在目光的追随和无休无止地旋转后，她累了，坐在一边休息。

　　这时，一个男孩走过来向她微微鞠躬，伸出右手："我可以请你跳一支舞吗？"他彬彬有礼，像一个古代的王子，让人不忍拒绝。

　　虽然女孩子已经有些疲惫了，但面对"王子"的邀请，她还是站了起来，伸出了手。当两个人面对面地站在舞池中，等待音乐响起的片刻，她突然发现那个男生竟然似乎比她还矮一点。也许并不真的比她矮,但是女孩子认为,如果哪个男生与她等高,那就已经是很矮了。"我比你还高哪!"女孩子轻轻地说,然后笑了,像小时候与小伙伴比高矮时得胜后的高兴的样子。但眼前的男孩子并不是自己熟悉的朋友,只是舞会上偶尔邂逅的舞伴。女孩子立刻为自己的口无遮拦而后悔了,她的脸"刷"的一下红了。

这件事发生得有些意外,男孩子有点猝不及防。他稍稍愣了一下,脸上的笑还来不及褪去,新的一波笑意浮了上来。他不愠不恼地说:"是吗?那我迎接挑战。"

后面四个字稍稍有点重。女孩子无语,歉意地笑,躲过他的目光,但却有点紧张地捕捉来自他的信息。只见他下意识地挺直了腰板,仰起头骄傲地说:"把我所发表过的文章垫在我的脚底下,我就比你高了。"原来,他也有他的高度。

舞会后,他们成了恋人。

后来,虽然因为种种原因,他们最终没能够走到一起,但是,女孩子从来没有忘记过他,没有忘记当年在舞会上的那一幕情景,尤其是那两句不卑不亢的话:"那我迎接挑战","把我所发表过的文章垫在我的脚底下,我就比你高了"。

心灵驿站

不要轻视自己,还要敢于表现自己,每个人都是一块宝石,没有人可以阻止他的光芒。若想成为夺目的焦点,就一定要相信自己,不要轻视自己,一定要记住:风雨黄昏,自己才是主角。

04 危险的试探

一个马上要步入婚姻殿堂的年轻女人,在最后一刻决定要试探她的心上人。

于是,她选了一个相当漂亮的女友,虽然她知道这是冒险,但她还是对她说:"今晚我会安排杰克带你出去——在月光下海边散步,然后享受一顿龙虾晚餐。为了试探他的忠贞,我要你要求他给你一个吻。"

女友笑了笑,红着脸同意了。一切照计划进行。

第二天,这个热恋中的女子赶去见那位女友,焦急地问:"你要求他了吗?"

"没有。"

"没有?为什么不呢?"

"我没有机会,他先要求我了。"

心灵驿站

欺骗会毁掉爱情,爱情中一旦出现了欺骗,就会变得不忠实,然后双方就会开始相互猜忌,对对方失去信任,最终结果只能是失去爱情。

05　富翁的遗嘱

一个富翁得了重病,已经无药可救,而独生子此刻又远在异乡。

当他知道自己死期将近时,怕仆人侵占财产,便立下了一份令人不解的遗嘱:"我的儿子仅可从财产中先选择一项,其余的皆送给我的仆人。"

富翁死后,仆人便欢欢喜喜地拿着遗嘱去寻找主人的儿子。

富翁的儿子看完了遗嘱,想了一想,就对仆人说:"我决定选择一样,就是你。"

聪明的儿子立刻得到了父亲的所有财产。

心灵驿站

"笑到最后才是笑得最好。"做任何事情,我们都要想清楚,努力做到万无一失,聪明的人可以改变或决定自己的命运。

06　毛线尽头

为了让蜜月过得特殊而有意义,一对新婚夫妇决定跟随探险队去探险。却不料在进行自由活动时,夫妇俩迷失在了原始丛林中。没有指南针,没有食物充饥,他们东奔西突,像无头苍蝇一样。

"我们还是分开来找吧,能多一线希望。"妻子鼓起勇气对丈夫说。丈夫深情地看了看妻子,把她紧紧搂到怀里。夫妇俩相互鼓励一番后,开始分头寻找探险队伍。刚走出不远,丈夫回过头来,脱下婚前妻子为自己织的毛线衣,并把毛衣上的线头交给妻子。

太阳一落,丛林中的气温骤然下降。毛线已拆到尽头,丈夫又脱下自己的毛线裤接上去。拆到最后,丈夫只剩下了单薄的内衣冻死在丛林中。

第二天一大早,探险队伍发现了丈夫的尸体,他手上死死地捏着一根伸向丛林深处的毛线。沿着毛线伸展的方向,探险队员终于在十几里外的地方,找到了奄奄一息的妻子。

心灵驿站

灾难面前,方能体现爱情的伟大,一个人在面临生死抉择的时候能把生的希望留给别人,对他来说生命的意义远远超过了对生命的留恋。

07　单纯的喜悦

有一个小女孩每天都坚持从家里走路去上学。

一天早上天气不太好,云层渐渐变厚,到了下午时,风吹得更急,不久便开始有闪电、打雷,接着下起了瓢泼大雨。

小女孩的妈妈担心小女孩会被打雷吓着,甚至被雷劈到。雷雨下得愈来愈大,闪电像一把锐利的剑刺破天空,小女孩的妈妈赶紧沿着上学的路线去找小女孩。不一会儿妈妈看到自己的小女儿一个人走在街上,却发现每次有闪电时,她都停下脚步,抬头往上看,并露出微笑。看了许久,妈妈终于忍不住叫住她的孩子,问她说:"你在做什么啊?"

她说:"上帝刚才帮我照相,所以我要笑啊!"

心灵驿站

社会的飞速发展及市场竞争日趋激烈,金钱和庸俗不但侵蚀了成年人的灵魂,对孩子幼小的心灵也造成了伤害。我们已经很难再看到孩子那纯真的笑脸。让人类还原吧!返回儿童纯真的天性吧!

08　走适合自己的路

肯和艾伦是中学时的朋友,后来他们上了大学,各自有了不同的工作。艾伦成为一名社会工作者,帮助贫困家庭。肯成为一名计算机顾问,成立了自己的公司,变得相当富有。

艾伦十分喜爱自己的工作，也为他能对所帮助家庭有影响感到高兴。当他在新闻中看到肯时——报纸刊登了他的公司的成功以及他日益增长的财富——艾伦开始怀疑自己的选择。

为什么他认识的人如此富有，而自己却过着这样平凡的生活？自己为什么没有肯的成功呢？

事实上，艾伦并不想得到肯的成功。他对办公司毫无兴趣，也从未梦想会富有。他只想帮助别人，他正在帮助别人。当他看到他每天帮助的孩子的笑脸时，他对肯的嫉妒很快就消失了。

心灵驿站

有时候我们看到其他人有的我们也想要，并没有思考真正激励我们的是什么，我们真正需要的是什么。不要以他人的成就作为你做错事的借口。

09　苏格拉底的秘诀

一个年轻人向苏格拉底询问成功的秘诀。苏格拉底让年轻人第二天早晨到河边见他。他们见面后，苏格拉底叫年轻人和他一起走向河里。当河水淹至他们的脖子时，苏格拉底出其不意地抓住年轻人并把他按入水中，那人想要挣扎出水面，而强壮有力的苏格拉底将他摁在水中直到他脸色发青。苏格拉底将他的头拖出水面，这个年轻人所做的第一件事是大口喘气，做深呼吸。苏格拉底问："当你在水里的时候你最想要的是什么？"年轻人回答说："空气。"苏格拉底说："那就是成功的秘诀。当你像渴望空气一样渴望成功，你就能够获得它。没有其他的秘密。"

心灵驿站

强烈的欲望是一切成功的起点,正如一小簇火苗不能放出大量的热,一个微小的愿望也不能促成伟大的成就一样。

10 劣势变优势

一位神父要找三个小男孩,帮助自己完成主教分配的1000本《圣经》销售任务。

神父觉得自己只能完成300本的销售量,于是他决定找几个能干的小男孩卖掉剩下700本《圣经》。神父对于"能干"是这样理解的:口齿伶俐,小男孩必须言辞美妙,让人们欣喜地做出购买《圣经》的决定。

神父按照这样的标准找到了两个小男孩,这两个男孩都认为自己可以轻松卖掉300本《圣经》。可即使这样还有100本没有着落,为了完成主教分配的任务,神父降低了标准,于是第三个小男孩找到了,给他的任务是尽量卖掉100本《圣经》,因为第三个男孩口吃很厉害。

5天过去了,那两个小男孩回来了,并且告诉神父情况很糟糕,他们总共只卖了200本。神父觉得不可思议,为什么两个人只卖掉了200本《圣经》呢?正在发愁的时候那个口吃的小男孩也回来了,他没有剩下一本《圣经》,而且带来了一个令神父激动不已的消息,他的一个顾客愿意买他剩下的所有《圣经》。这意味着神父将卖掉超过1000本《圣经》,神父将更受主教青睐。

神父彻底迷惑了。被自己看好的两个小男孩让自己失望,而当初根本不当回事的小结巴却成了自己的福星,神父决定问问他。

神父问小男孩:"你讲话都结结巴巴的,怎么会这么顺利就卖掉我所有的《圣经》呢?"

小男孩答道:"我……跟……见到的……所有……人……说,如……果不……买,我就……念《圣经》给他们……听。"

心灵驿站

遇事时要打破固定思维,积极思考,变"不利"为"有利",任何难题都会迎刃而解。

11 空 城

早晨,她和先生出门就分道扬镳了,她上班,他赶车,今天他出差。他隔三差五的总要出一趟差,大家都习惯了。

上午出门办件事,她路过一家商场,便进去转了一圈。她看中一件风衣,左试右试,有心想买,又怕自己看走了眼,再一看价钱,想了想身边带的钱还差了一点,忽然想到这里离先生的单位很近,"打个电话叫他出来一趟吧!"既可以当参谋,又可以付钞票。说实在的,抓他这种差也不止

81

一次两次了。突然想起来今天他出差了,他不在这个城市。想到这里,她就放下衣服走出了商场。

外面是阳光的河流、人的河流、车的河流,一个光亮、热闹、忙碌而又杂乱的世界。而她突然发现她的心情跟早上出门时有点不一样了,有点孤独无依的恐慌。

当她想到这个城市的人群中没有他,立即感到面前这个城市变得荒凉了、空旷了。她在这个城市里的奔忙还有什么意义呢?这个城市跟她有什么关系呢?

她被自己的这种情绪吓了一大跳。她已经在这个城市生活十多年,有一份很好的职业,有自己不算太小的朋友圈子,可是,仅仅因为他的一次例行公事的出差,离开了这个城市,就否定了这一切、否定了这个城市对她的意义!

在这一刹那间,她突然看清了自己的现状,她知道自己是一个爱着他的女人。她好像第一次看清了她的爱情、她的婚姻对于她的意义,她知道它很重要,可从没想到它重要到这个地步。

心灵驿站

爱情和婚姻是人生的两大话题。相爱,是彼此身心的全部付出。但是,相爱的双方也一定要有自己的独立性,也要接受对方的生活方式。只有这样,才能使婚姻和谐美满。

12 吝啬鬼

一天,一个拥有无数钱财的吝啬鬼去上帝那儿乞求祝福。上帝让他站在窗前,让他看外面的街上,问他看到了什么。"人们。"他说。

上帝又把一面镜子放在他面前,问他看到了什么,他说:"我自己。"

上帝解释说,窗户和镜子都是玻璃的,但镜子上镀上了一层银。单纯的玻璃让我们能看到别人,而镀上银的玻璃却只能让我们看到自己。

心灵驿站

金钱固然重要,但金钱并不是万能的。如果一个人被金钱蒙住了双眼,那么,他能看到的也只能是他自己了。

13 友谊与爱情

一个充满稚气的大男孩,与一个同样充满稚气的大女孩相处得很好,很融洽。

"你们在相爱!"别人评论说。

"是吗?我们在相爱吗?"他们问别人,也问自己。是的,他们还弄不清自己是在与对方相爱,还是与对方享受友谊。

于是,他们去问智者。

"告诉我们友谊与爱情的区别吧!"他们恳求道。

智者含笑看着两个年轻人,说道:

"你们给我出了一个最难解的难题。爱情和友谊像一对性格迥异的孪生姊妹,她们有相同之处,却又有本质的不同,有时,她们很容易分辨,有时却让人捉摸不透。"

"请举例说明吧!"大男孩和大女孩说。

"她们都是人间最美好最温馨的情感。当她们给人们带来美、带来善、带来快乐时,她们无法区别;当她们遇到麻烦和波折时,表现就大不相同了。"

"比如?"男孩和女孩问。

83

"比如，爱情说：你是属于我一个人的；友谊却说：除了我，你还可以有她和他。"

"友谊来了，你会说：请坐请坐；爱情来了，你会拥抱着她，什么也不说。"

"爱情的利刃伤了你时，你的心一边流血，你的眼却渴望着她；友谊的尖刺伤你的时候，你会转身而去，拔去尖刺不再理会。"

"友谊远行时，你会笑着说：祝你一路平安！爱情远行时，你会哭着说：请你不要忘了我。"

"爱情对你说：我有时是奔涌的波涛，有时是一江春水，有时又像凝结的冰；友谊对你说：我永远是艳阳照耀下的一江春水。"

"当你与爱情被追杀至绝路时，你会说：让我们一起拥抱死亡吧；当你与友谊被逼得走投无路的时候，你会说：让我们各自找自己的生路吧。"

"当爱情遗弃你时，你可以大醉三天，大哭三天，又大笑三天；当友谊离你而去时，你可能叹一天气，喝一天茶，又花一天的时间去寻找新的友谊。"

"当爱情死亡时，你会跪在她的遗体边说：我其实已经同你一起死了；当友谊死亡时，你会默默地为她献上一个花圈，把她的名字刻在你的心碑上，悄然而去……"

大男孩和大女孩相视而笑，他们互相问道：

"当我远行时，你是笑呢？还是哭？"

心灵驿站

友谊和爱情都是人生旅途中寂寞心灵的良伴，友谊淡如茶，爱情浓似酒。好茶清香解渴，好酒芳醇醉人。能有机会结识几个知音益友是人生难得的幸运。香茗尽管多尝无碍，好酒可不能随便乱喝。只有两人珍藏的幸福美酒，可以浅斟低酌，深情款款，慢慢地品尝。

14 骑马

有个人,特别羡慕别人骑马。他渴望拥有属于自己的一匹马,他老是觉得用脚走路真是太麻烦了,没意思。

别人对他说,想要得到马,就必须用你的双腿来交换。

那人听了,毫不犹豫地就献出了自己的双腿,于是他得到了一匹马。

他骑在马上真是太高兴了,马的奔驰给他一种飞翔的梦一般的感觉。

可是他渐渐发现人不能总骑在马背上,当他下马时才知道,今后的生活是多么艰难。

心灵驿站

中国有句古话叫"知足常乐"。没有马只有一点小小的遗憾,没有腿却是终身的苦难,当我们明白这个浅显的道理时,希望不会太晚。

15　一捧沙

一个即将出嫁的女孩,问母亲一个问题:"妈妈,婚后我该怎样把握爱情呢?"

母亲听了女儿的问话,温情地笑了笑,然后从地上捧起一捧沙。

女孩发现那捧沙子在母亲的手里,圆圆满满的,没有一点流失,没有一点撒落。

接着母亲用力将双手握紧,沙子立刻从母亲的指缝间撒落下来。待母亲再把手张开时,原来那捧沙子已所剩无几,其团团圆圆的形状也早已被压得扁扁的,毫无美感可言。女孩望着母亲手中的沙子,领悟地点点头。

心灵驿站

爱情无需刻意去把握,越是想抓牢自己的爱情,反而容易失去自我,失去原则,失去彼此之间应该保持的宽容和谅解,爱情也会因此而变成毫无美感的形式。每个人都希望自己永远拥有幸福美满的爱情与婚姻,那么不妨学着用一捧沙的情怀来对待它。

16　那不是你们的孩子

一天,生活在山上的部落突然对生活在山下的部落发动了进攻,他们不仅抢夺了山下部落的大量财物,还绑架了一户人家的婴儿,并把他带回了山上。

可是山下部落的人们不知道怎样才能爬到山上去。他们既不知道山上部落平时走的山道在哪里，也不知道到哪里去寻找山上部落，甚至不知道如何去发现他们留下的踪迹。

尽管如此，山下部落还是派出了部落中最优秀、最勇敢的战士，希望他们能够爬到山上去，找回孩子。

他们尝试了一个又一个的方法，搜寻了一个又一个可能是山上部落留下的踪迹。尽管他们用尽了所有他们能想到的办法，但几天的艰苦努力也不过才前进了几百英尺。他们感到他们的一切努力都是无用的、没有希望的，他们决定放弃搜寻，返回山下的村庄。

正当他们收拾好所有登山工具准备返回时，他们却看到被绑架孩子的母亲正向他们走来。他们简直无法想象她是怎么爬上山的。

待孩子的母亲走近后，他们才看清她的背上用皮带绑着那个他们一直在寻找的孩子。真是不可思议，她是怎么找到孩子的？连这群部落中最优秀、最勇敢的战士都迷惑不解。

其中一个人问孩子的母亲："我们是部落中最强壮的男人，我们都不能爬到那么高的山上去，而你为什么能爬上去并且找回孩子呢？"

孩子的母亲平静地答道："因为那不是你们的孩子。"

心灵驿站

父母之爱是世界上最伟大的爱。在父母眼里，我们永远都是孩子，在我们历经风雨时，在我们身处危难时，是父母在为我们护航。从现在开始，好好地爱自己的父母吧，他们是最值得我们去爱的人。

17 才 能

有一个人在酒吧里弹钢琴。他的钢琴弹得很好。人们过来只是为了听他弹奏。但是一天晚上，一位顾客告诉他，他不想再听他弹奏了。他想让他唱首歌。

这个人说："我不唱歌。"

但是客人坚持要求他唱。他告诉男招待："我厌倦听钢琴了。我希望那个家伙能够唱歌！"

男招待对那边喊道："嗨，老兄！如果你想拿钱，就唱首歌。顾客们要求你唱歌！"

于是他就唱了，他唱了一首歌。一位从未在公众场合唱过歌的钢琴弹奏者第一次唱了首歌。那晚之前从未有人听过纳·金·科尔风格的《蒙娜丽莎》！

他拥有他一直抑制住的才能！他或许能够在无名的酒吧作为一名无名的钢琴弹奏者而度过余生，但是因为他不得不唱，他成为美国最著名的艺人之一。

心灵驿站

你也拥有技巧和才能。你或许没有觉得你的"天才"特别伟大,但是它可以超过你的想象!坚持不懈,大多数技能都能得到提高。如果你抑制所拥有的才能,还不如根本没有才能的好!好在问题不是"我拥有的才能有什么用?",而是"我要如何运用我所拥有的才能?"

18 苦难也许是天堂

国王只带着一个奴隶坐在一条船上,奴隶从未出过海,也从未经历过坐船之苦。他开始哭泣、悲号,四肢不停地颤抖。人们想尽办法安抚他,但他仍无法平静,国王原本愉快的心情也被他搅得烦躁不安,但人们却没有任何办法。一个医师也在船上,他对国王说:"如果您允许让我试试的话,我或许能让他平静下来。"国王说道:"那真是太好了。"

医师吩咐他们把奴隶扔到海里,让他反复沉浮几次后,才抓住他把他拖到船边。他双手紧紧抓住船舷,爬上甲板,缩到一个角落里坐下来,再也不吭声了。

国王很满意的问道:"这是什么道理?"医师回答说:"先前他没有经历过溺水的危险,因此不珍惜在船上的安全;就像一个人只有感受到病痛的折磨时,才知健康的可贵一样。"

心灵驿站

我们要珍惜眼前的这一切,不要因为这些东西是微不足道的而不去理睬。或许当有一天,它们真的失去了,你再后悔已经来不及了。珍惜现状,不要等到失去了以后才珍惜!

19 钻石就在后院

从前,有一个叫哈费特的人,一天晚上做了个奇怪的梦,梦中有一位白胡子老头告诉他说:"如果你能够找到第一块钻石,你将得到整个钻石矿!钻石就在淌着白沙的河里。"

第二天早上醒来,他的脑子里都是钻石的影子。

于是哈费特心一横,把他所有的家产全部变卖换成了钱,然后踏上了寻找钻石的路。他风餐露宿,在外面找了很多年,可连一颗钻石也没找到。当一切希望都破灭的时候,他自杀了。

买下哈费特房子的那个人,有一次在后院的河水中洗衣服。当太阳照过来时,河里的沙子忽然变成白色的,河沙中有什么东西在闪闪发光,他挖出来一看,原来是一块天然的钻石。

于是他就拿来铁锹和筛子,把河水中的沙子全都挖了出来,用筛子筛过以后,各种大大小小的钻石纷纷呈现在他的面前,散发着耀眼的光芒。

后来那个人把其中几个大的钻石,献给了维多利亚女王,女王封他做了大官,从此他过上了富裕的生活。

哈费特辛辛苦苦地去寻找钻石,结果什么也没有得到,他哪里想得到,其实钻石就在他家的后院里!

心灵驿站

生活给予每个人的都不会太少,只要好好珍惜其中的一二,并不断用心去打造,就能拥有生命的芬芳。

20　难以割舍的人

故事发生在美国的一所大学。

在快下课的时候,教授对同学们说:"我和大家做个游戏,谁愿意配合我一下。"一女生走上台来。

教授说:"请在黑板上写下你难以割舍的二十个人的名字。"女生照做了。有她的邻居、朋友、亲人等。

教授说:"请你划掉一个这里面你认为最不重要的人。"女生划掉了一个她邻居的名字。

教授又说:"请你再划掉一个。"女生又划掉了一个她的同事。

教授再说:"请你再划掉一个。"女生又划掉了一个。

最后,黑板上只剩下了四个人,她的父母、丈夫和孩子。

教室非常安静,同学们静静地看着教授,感觉这似乎已不再是一个游戏了。

教授平静地说:"请再划掉两个。"

女生迟疑着，艰难地做着选择……她举起粉笔，划掉了父母的名字。

"请再划掉一个。"身边又传来了教授的声音。她惊呆了，颤巍巍地举起粉笔缓慢而坚决地又划掉了儿子的名字。紧接着，她"哇"的一声哭了，样子非常痛苦。

教授等她平静了一下，问道："你最亲的人应该是你的父母和你的孩子，因为父母是养育你的人，孩子是你亲生的，而丈夫是可以重新再寻找的，为什么丈夫反倒是你最难割舍的人呢？"

同学们静静地看着她，等待着她的回答。女生平静而又缓慢地说道："随着时间的推移，父母会先我而去，孩子长大成人后肯定也会离我而去，真正陪伴我度过一生的，只有我的丈夫。"

心灵驿站

平淡才是真，爱人是你永远的守候。因此，在日常生活中，要善待他（她），要体谅他（她）的难处，理解他（她）的苦衷。

21 写在沙滩上的字

有一次阿拉伯名作家阿里和吉帕、玛莎两位朋友一起旅行。三人行经一处山谷时，玛莎失足滑落。幸亏吉帕拼命拉他，才将他救起。玛莎于是在附近的大石头上刻下了："某年某月某日，吉帕救了玛莎一命。"三人继续走了几天，来到一处河边，吉帕跟玛莎为了一件小事吵起来，吉帕一气之下打了玛莎一耳光。玛莎跑到沙滩上写下："某年某月某日，吉帕打了玛莎一耳光。"

当他们旅游回来之后，阿里好奇地问玛莎为什么要把吉帕救他的事刻在石上，将吉帕打他的事写在沙上？玛莎回答："我永远都感激吉帕救

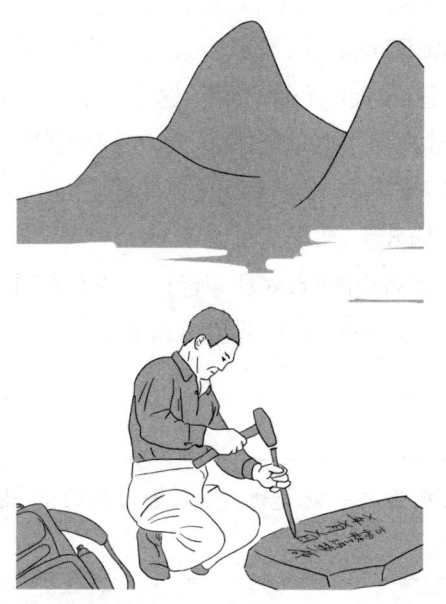

我。至于他打我的事,会随着沙滩上字迹的消失,而忘得一干二净。"

心灵驿站

所谓"人对我有恩不可忘,我对人有恩不可不忘"。记住别人对自己的恩惠,忘却自己对别人的怨恨,在人生的旅程中才能自由驰骋。即使在不如意的环境中,也要努力营造一个充满欢乐与友爱的生活。

22 正直的法官

有两个妇女为了争夺一个婴儿投诉到法官那里。在法官面前,两个女人陈述了自己的各种理由。看起来,似乎双方的理由都充足,因此很难断定婴儿是谁的。

法官沉思了片刻，摇了摇头，对两位妇女说："你们二人争论相持不下，本法官也被你们弄糊涂了，我不能断定这婴儿是谁的。这样吧，既然你们已告到我这里了，我就允许你们抢这婴儿，谁抢到就是谁的。"说完，便命助手将婴儿放在一张桌子上，两个女人分站两侧，各抓住婴儿的一只手。随着法官一声令下，一个妇女赶紧抓着婴儿的手，把婴儿拉向自己一边，另一个妇女却松开手，放婴儿过去了。

法官见状，立即做出决断，对那夺走孩子的女人呵斥道："你想夺走人家的骨肉，还不从实招来？"果然，那女人服罪了。

心灵驿站

人生最美的东西之一就是母爱，这是无私的爱，母亲不会让自己的孩子受任何伤害。

23 罗文中尉

作家埃尔伯特·哈伯德写过一个在美西战争期间发生的故事。有一次总统很急迫要给起义的领导人送去一个消息。他叫加西亚，以擅长在古巴的山上战斗而著称。但是用信件或电报都是没法联系到他的。有人对总统说："如果有人能为你找到加西亚，那么这个人一定是一个名叫罗文的人。"

罗文中尉毫不犹豫就接过了信。他用一个皮袋密封起来，绑在胸口上。他在一个漆黑的夜晚登陆古巴海岸，一路爬上那山脉，历尽重重困难，终于找到加西亚。他把信交给加西亚，转过身，又直接回家了。哈伯德把这个故事称为《给加西亚的一封信》。罗文没有问："他具体在哪个位置？"或者说："我怀疑自己是否能做到。"他只是直接去做了他要做的

第三章 打开人生的另一道门

那件工作。

心灵驿站

不要为不能完成任务而找很多的理由,想想罗文吧。将信件直接送过去吧!

24　爸爸,我可以买你一小时的时间吗

　　一个人又很晚才下班回家,他感到又累又烦。他到家的时候,发现5岁的儿子在门等着他。"爸爸,你可以回答我一个问题吗?"
　　"行啊,当然可以。什么问题?"这人回答道。
　　"爸爸,你1小时可以挣多少钱?"
　　"这不关你的事!为什么问这个问题?"这人生气地说。
　　"我只是想知道。请你告诉我,你1小时挣多少钱?"孩子哀求道。
　　"要是你非知道不可的话,我可以告诉你,1小时挣20美元。"
　　孩子抬头看着爸爸,说:"爸爸,你可以借9美元给我吗?"

95

父亲生气了。"如果你问我一小时挣多少钱,仅仅是为了可以向我借些钱去买那些毫无意义的玩具或其他什么乱七八糟的东西,那你还是回到自己的房间上床睡觉好了。反思一下你为什么那么自私。我每天长时间辛辛苦苦地工作,没有时间陪你玩这种幼稚的游戏。"

孩子一声不吭地回到房间关上了门。这个人坐下来,对儿子的问题越想越生气。他怎么敢问这样的问题,而且目的仅仅是为了借些钱呢?

大约一个小时之后,他渐渐平静了下来,他又在想自己是不是对儿子太凶了,或许他要9美元真的需要买什么东西,再说他平时很少问自己要钱。他走到了孩子的房间,推开门,问道:"睡了吗,孩子?""没有,爸爸,我还醒着呢。"男孩回答道。"我一直在想,刚才我可能对你太凶了,"他说,"因为工作一整天很辛苦,我把气都撒在你身上了。给你,这是你要的9美元。"

孩子欣喜万分地坐起来。"哦,谢谢你,爸爸!"他喊道。接着,他将手伸到枕头下,拿出一些弄皱的钞票。父亲看到孩子本来就有钱,于是又生气了。孩子慢慢地数完钱,然后抬头看着父亲。

"你已经有钱了,为什么还要呢?"父亲抱怨说。"因为我原先的钱不够,现在够了,"孩子回答。"爸爸,我现在有20美元了,可以买你1个小时的时间吗?"

心灵驿站

可口可乐的总裁曾说过这样一段话:"生活就像是一场比赛,你必须同时去接五个球,它们是:工作、家庭、健康、朋友以及精神生活,而你却不能让其中的任何一个球落地。然而,你很快就会发现,工作就像一个橡皮球,它一旦落下来,还会再弹回去,但其他的四个球却是玻璃球,如果它们一旦落地,轻则磨损,重则就会粉碎,它们将不会再和以前一样了。"

25　牛、狗、猴子、人

第一天,上帝创造了牛。上帝对牛说:"今天,我创造了你。作为牛,你必须跟农夫下田,整天在日头下干活。我给你50年的寿命。"

牛反对说:"这样的苦日子,你要我忍上50年?我只要20年,另外30年你收回吧。"上帝答应了。

第二天,上帝创造了狗。上帝对狗说:"你要整天坐在自家门口,有人进来你就叫。我给你20年的寿命。"

狗不乐意了,说:"什么?整天坐在门口?绝对不行!我只要10年就够了,其余的10年还给你吧。"上帝答应了。

第三天,上帝创造了猴子。上帝对猴子说:"你必须耍猴把戏,逗人开心,让他们捧腹大笑。我给你20年的寿命。"

猴子可不干,说:"什么?逗人发笑?还要扮鬼脸,耍把戏?10年就行了,剩下的10年你留着吧。"上帝答应了。

第四天,上帝创造了人。上帝对人说:"你只要吃喝玩乐,休息睡觉,舒舒服服地过日子就行了。别的什么都不用做,只管尽情享受。我给你20年的生命。"

人有意见了,说:"什么?吃喝玩乐,休息睡觉,安逸享受?这样的好日子,才让我活20年?啊呀,不行!你看这样好不好?牛还给你30年,狗还给你了10年,猴子也还了10年,就把它们还的时间全给我吧。这样,我就能活上70年了,对吧?"上帝答应了。

这下,你明白了吧……

最初的20年,我们吃喝玩乐,休息睡觉,安逸享受。随后的30年,我们整天工作个不停,辛辛苦苦地养家糊口。接下来的10年,我们扮鬼脸,耍把戏,逗孙子孙女们开心。最后的10年,我们终日待在家里,坐在门

口，不住地对别人唠叨。

心灵驿站

人生有得时候就是很奇怪，很多事情在一开始就已经决定了结局，这完全是当时一念之间的认识所造成的。所以，在遇到决定命运的大事时，不要仓促做决定，应该多想想。

26 抉择

这是一段二次大战时发生在中国北方的真实故事。残暴的敌人，正一步步地接近，躲在树林里的人们知道，只要被发现，就将全部遭到屠杀。男人蓦地抽出尖刀，将幼小孩子的喉管割断，以免他发出惊恐的哭声。在黑暗屏息中,甚至还可以听见仍然抱在母亲怀中,却已死亡的幼儿滴血的声音。这个被割断喉咙丢弃的孩子,后来被善心人救活,成年之后寻亲,才被世人知晓这段令人悚然的往事。有人问那孩子:"你恨不恨你的父母?"孩子说:"如果当时我是父母,也会那样抉择。而且如果不那么做,今天也就谈不到亲人重聚这件事了。"有人问那母亲:"当你的孩子被割断喉管时,你为什么不痛哭?"母亲答:"因为我当时已经想不到悲哀这件事,更被剥夺了哭的权利。"

心灵驿站

当人们做最痛苦的抉择时,常常没有痛苦的权利。而当痛苦再次被唤起时,抉择却早已经成为了不堪回首的往事。

27 毛毛虫

一个人没有目标,就像一艘轮船没有舵一样,只能随波逐流,无法掌握,最终搁浅在绝望、失败、消沉的海滩上。法国著名的自然学家约翰·亨利·费伯勒,用一些巡游毛虫做了一次不同寻常的实验。这些毛虫喜欢盲目追随前边的一个,所以得了这么个名字。费伯勒很仔细地将它们放在一个花盆外的框架上排成一圈,这样,领头的毛虫实际上就碰到了最后一只毛虫,完全形成了一个圆圈。在花盆中间,他放上松针,这是这种毛虫爱吃的食物。这些毛虫开始围绕着花盆转圈。它们转了一圈又一圈,一小时又一小时,一天又一天,一晚又一晚。它们围绕着花盆转了整整七天七夜。最后,它们全都因饥饿劳累而死。一大堆食物就在离它们不到6英寸远的地方,它们却都饿死了,只是因为它们按照以往习惯的方式去盲目地行动。

99

心灵驿站

许多人也犯了同样的错误,对生活提供的巨大财富,只能收获到一点点。尽管未知的财富就近在眼前,他们却得之甚少,因为他们盲目地、毫不怀疑地跟着圆圈里的人群漫无目的地走着。他们随波逐流,只是因为"事情一直就是这样做的"。

28 充满热情

1983年,一个旅行推销员被派到了一个乡间小镇。拉尔夫,这个镇上唯一和他做相同工作的人,到车站去接他。拉尔夫几个星期前就已经整理好了行李,希望能被派往别处。"我难以置信他们还会让我在这儿多待一天,这是个糟糕的工作地点。"他抱怨说,"这里的人都很粗鲁,生性多疑,没人会让你进他的屋子。"

然而,在第一个星期里,新来的推销员就比拉尔夫在前面两个月所作的商品展示还要多!差异是怎么产生的呢?新来的人比拉尔夫更了解产品吗?不,实际上,他四个月前才开始到这家公司工作。他工作更努力吗?不,实际上,拉尔夫有时候要加班到深夜。真正的差异在于热情。新来的人对产品和机遇都非常兴奋。

当拉尔夫不情愿地从一家走到另一家的时候,他把自己当做殉难的烈士,而新来的人上门推销的时候却充满了热情。他很快就招揽了一群被感染的顾客,他们帮他宣传了产品。很快地,这个小镇就成为这家公司效益最好的地区之一。拉尔夫呢?他的确被派往别处了——直接进入了失业行列。

心灵驿站

热情是自信的来源,自信是行动的基础,行动是进步的保证。一个没有热情的人,学习和工作的效率不会高,也很难获得良好的成绩。一个对工作充满热情的人,可以把枯燥的工作变得生动有趣,使自己充满对工作的渴望,产生一种对事业的狂热追求,从而彻底改变人生的际遇。

29　给爱以自由

一位天使路过山涧的时候,遇到一位女孩,他们相爱了,于是在山上建造了爱的小屋。

天使每天都要飞来飞去,但他真的很爱这位女孩,一有空就来陪伴她。

一天,天使带着心爱的女孩在山涧散步。忽然,他说:"如果有一天,你不再爱我了,我会离开你。因为没有爱的日子,我活不下去。那时候,我就会飞到另一个女孩的身边。"

女孩看了天使一会儿,坚定地说:"我永远爱你!"

他们的日子过得很幸福。但是,每当女孩想起天使的那句话,就开始烦躁不安了。她总觉得天使说不定哪一天就会离开她,飞到另一个女孩的身边了。于是,一天晚上,女孩趁着天使熟睡的时候,把天使的翅膀藏了起来。

天亮以后,天使生气地说:"把我的翅膀还给我!为什么要这样?你不爱我了,你不爱我了……"

"我没有,我还是爱你的!我没有藏你的翅膀,真的,相信我好吗?"

"你骗人,你说谎,我不相信你了,我感觉你不爱我了!"

当他从柜子里找出翅膀后,就头也不回地飞走了。女孩很难过,也很怀念那段美好的生活。她非常后悔,独自坐到山头的风口上,默默地忏悔:"纵然我爱你爱得发狂,也不能剥夺你自由飞翔的权利,我应该给你足够的自由,让彼此有喘息的空间。我现在真的懂了,你还能回来吗?……"

忽然间,天使出现了。他温柔地说:"我回来了,亲爱的!"

"你真的不走了,真的还爱着我?"

天使微笑着说:"我感觉到,你还是爱我的,不是吗?只要你还爱着我,我就一直爱着你,直到你不再爱我。"

心灵驿站

以爱为借口,约束对方,这样的爱情不但苦了自己,也苦了对方。时刻都不要忘了:可以拥有爱,但却不可以占有爱。即使你再爱一个人,也不能阻碍他自由飞翔的权力。给爱以自由的人,才是真正懂得爱的人。

# 第四章

给梦一把梯子

德国诗人歌德曾说:"人生重要的事情就是确定一个伟大的目标,并决心实现它。"年轻的我们,正是敢想敢做的时候,如果这时候你还没有树立起远大的目标,等你的人生基本定型后再创建事业碰到的压力与阻力会更大。因此,把你的志向和目标提升起来。它不应该退缩在一个不恰当的位置。

01　旋转门

一位失败者去拜访一名成功者。他来到成功者面前,看到了一扇漂亮的旋转门。他轻轻一推,门就旋转起来,他夹在两块透明玻璃间转进去,看到成功者正站在面前。

"你能不能告诉我,成功有什么窍门?"失败者虔诚地问。

成功者用手一指他的身后:"就是你身后的这扇门。"

失败者回过头去,只见刚才带他进来的那扇门正慢慢地旋转着,把外面的人带进来,把里面的人送出去。两边的人都顺着同一个方向进进出出,谁也不影响谁。

心灵驿站

只要你不对自己设限,挣脱困住自己的心理牢笼,给予自己鼓励和信心,你就能够成为翱翔天空的雄鹰,并且也能不断地让人生有更美好的发展!并且给予自己力求改变的自信和勇气,相信你就一定能够有所收获!

02 等待时机

有个年轻人靠在一块大石头上,懒洋洋地晒着太阳。这时,从远处走来一个怪物。

"年轻人!你在做什么?"怪物问。

"我在这儿等待时机。"年轻人回答。

"等待时机?哈哈!时机是什么样子,你知道吗?"怪物问。

"不知道。不过,听说时机是个很神奇的东西。它只要来到你身边,那么,你就会走运,或者当上了官,或者发了财,或者娶个漂亮老婆,或者……反正,美极了。"

"嗨!你连时机是什么样都不知道,还等什么时机?还是跟着我走吧,让我带着你去做几件对你有益的事吧!"怪物说着就要来拉年轻人。

"去去去!少来添乱!我才不跟你走呢!"年轻人不耐烦地说。

怪物叹息着离去。

一会儿,一位长髯老人来到年轻人面前问道:"你抓住它了吗?"

"抓住它?它是什么东西?"年轻人问。

"它就是时机呀!"

"天哪!我把它放走了!"年轻人后悔莫及。

心灵驿站

我们往往不在乎就在手边的机遇,而时常抬头仰望着那些遥远的梦想中的机遇,这就是舍近求远。机不可失,失不再来,发现机遇还要及时地付之行动,不能守株待兔。因为在机遇面前,所有人都想抓住,每个人都在努力,你不前进就等于落后。只有及时地把握住机遇,你才能获得成功。

03　一生的六字秘诀

三十年前,一个年轻人离开故乡,去开创自己的前途。他动身的第一站,是去拜访本族的族长,请求指点。老族长正在练字,他听说本族有位后辈即将踏上人生的旅途,就写了三个字:不要怕。然后抬起头来,望着年轻人说:"孩子,人生的秘诀只有六个字,今天先告诉你三个,供你半生受用。"

三十年后,这个从前的年轻人已是人过中年,虽有了一些成就,但也增添了很多伤心事。归程漫漫,到了家乡,他又去拜访那位族长。到了族长家里,他才知道老人家在几年前已经去世,家人取出一个密封的信封对他说:"这是族长生前留给你的,他说有一天你会再来。"还乡的游子这才想起来,三十年前他在这里听到了人生的一半秘诀,拆开信封,里面赫然又是三个大字:不要悔。

心灵驿站

人生在世，坎坷磨难，酸甜苦辣，风霜雨雪，荣辱祸福，升降沉浮，很难说清。不管怎样，中年以前不要怕，中年以后不要悔，这是对人生经验的提炼、智慧的浓缩。

04　昙花一现

很久以前就听说过昙花之美，一直无缘见到。直到有一天，和友人秉烛夜谈至深夜，才有缘一见所谓的"昙花一现"。但见洁白的花瓣莹莹地盛开在葱茏的绿叶间，如同月光下圣洁的仙子。只可惜太短了，眼看那圣洁的花瓣已不如先前那么灿烂，我颇为惋惜："给谁看啊？""就给我这种夜猫子看，昙花一现，献给那些抓得住机会的人！"友人的话让我顿时一怔：原来并不是所有的花都能被所有的人看到，有的花儿只给有缘人看，譬如昙花。

接着，友人又给我讲述这昙花一现的不容易：从最初由夜间探出不及米粒大的小花蕾，到日日长大，成为小黄瓜的样子，再逐渐染上一抹淡淡的红，开始弯曲，像个钩子，直至充实饱满，在某个不为人知的晚上，悄悄地盛开，然后不到几小时就凋萎。

心灵驿站

在机遇与成功的关系上，大致会有三种情况：第一种是有的人主动创造机遇，拓开了全新的领域，并在这一领域上大展宏图，功成名就；第二种是顺应了机遇，而获得成功；第三种是差不多无意识地抓住机遇，而走上成功之路。

05　猫就是猫

有一户人家,养了一只特别讨人喜欢的猫。主人为猫起了一个名字,叫"虎猫"。

有一天,来了几位客人。客人甲说:"虎固然威猛,但不如龙那么神通广大,请改名为'龙猫'吧。"客人乙说:"龙固然比虎神威,但龙升天飞腾靠的是云,云不是超过了龙吗?不如取名为'云猫'。"客人丙说:"云雾虽可遮天,但被风一吹就散,云不敌风,请改名为'风猫'。"客人丁说:"大风骤起,唯一能挡住它的是墙。风奈何不了墙,应改名为'墙猫'。"客人戊说:"墙虽然牢固,可以挡风,但最怕老鼠钻洞,洞一多最终可使墙毁掉,还是请取名为'鼠猫'。"

这时,有一位鹤发长者笑着说:"猫就是捉老鼠的,猫就是猫,这是它的本性啊!"

心灵驿站

现代社会,日新月异,各种新的东西冲击着人们的头脑。有的人为了追求时尚,不断地改变自己,以便赶上飞速发展的时代潮流。但我们可以肯定的是最美的往往都来自本色、来自自然。所以,不要在乎别人挑剔的眼光,保持自己的本色,你就是最美。

06 走钢丝

一次,一位杂技高手参加了一个极具挑战性的演出,这次演出是在两座山之间的悬崖上架一条钢丝,而他的表演节目是从钢丝的这边走到另一边。

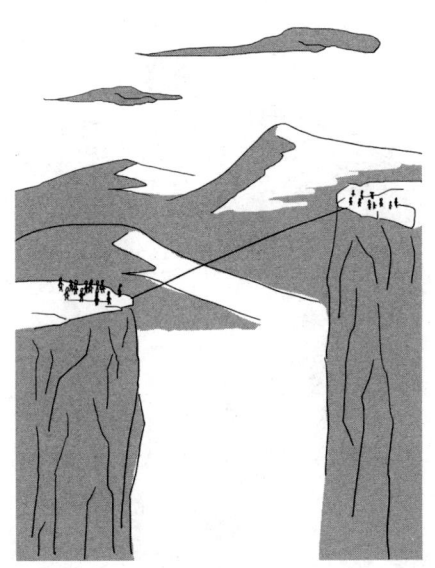

演出就要开始了,整座山聚满了观众,其中有记者、主办单位、赞助商和看热闹的人群。这时,只见杂技高手走到悬在山上钢丝的一头,然后用眼睛注视着前方的目标,并伸开双臂,一步、两步、三步……杂技高手终于顺利地走了过去。这时,整座山响起了热烈的掌声和欢呼声。

"我要再表演一次,这次我要绑住我的双手走到另一边,你们相信我可以做到吗?"杂技高手对所有的人说。

我们知道走钢丝靠的是双手的平衡,而他竟然要把双手绑上。但是,因为大家都想知道结果,所以都说:"我们相信你的,你是最棒的!"

杂技高手真的用绳子绑住了双手,然后用同样的方式一步、两步……终于又走了过去。

"太棒了,太不可思议了!"所有的人都报以热烈的掌声。

但没想到的是杂技高手又对所有的人说:"我再表演一次,这次我同样绑住双手然后把眼睛蒙上,你们相信我可以走过去吗?"

所有的人又都说:"我们相信你!你是最棒的!你一定可以做到!"

杂技高手从身上拿出一块黑布蒙住了眼睛,用脚慢慢地摸索到钢丝,然后一步一步地往前走,所有的人都屏住呼吸替他捏一把汗。终于,他走过去了!掌声经久不息!"你真棒!你是最棒的!你是世界第一!"所有的人都在呐喊着。

但表演好像并没有结束,只见杂技高手从人群中找到一个孩子,然后对所有的人说:"这是我的儿子,我要把他放到我的肩膀上,我同样还是绑住双手蒙住眼睛走到钢丝的另一边,你们相信我吗?"

第四章 给梦一把梯子

所有的人都说:"我们相信你!你是最棒的!你一定可以走过去的!"

"真的相信我吗?"杂技高手问道。

"相信你!真的相信你!"所有的人都说。

"我再问一次,你们真的相信我吗?"

"相信!绝对相信!你是最棒的!"所有的人大声回答。

"那好,既然你们都相信我,那我把我的儿子放下来,换上你们的孩子,有愿意的吗?"杂技高手说。

整座山上顿时鸦雀无声,再也没有人敢说相信了。

心灵驿站

在没有涉及自己的切身利益时,我们都相信并且愿意让别人表现、出头,一旦到了紧要关头,涉及自己的利益时我们相信的只有自己,因为谁也不想把自己的命运交到别人的手上。

07 回家

一位传教士医生在非洲的原始部落行医四十年后决定退休。他事前发出电报,说他将在某日某时搭船返抵家乡。

在横越大西洋时,他回忆起多年来如何行医帮助非洲的百姓,照顾他们的身体与灵魂,然后他想到阔别四十年的美国可能为他预备的盛大欢迎会。

当船驶进港口,老人看见盛大的欢迎行列时充满了骄傲。一大群人聚集在岸上,拉着一幅巨大的横幅,上面写着:"欢迎回家。"当老人离开船,脚踏上岸,期待看到热烈的欢迎场面时,他的心顿时下沉。因为他发

111

现岸上的人群聚集并不是为了向他致敬,而是为了欢迎同船的一位电影明星。

他内心破碎,在愤怒中等待着,还是无人前来欢迎他回家。当群众散去,老人仍形单影只地等待。他仰面向着上天,说:"神啊!我为他们付出这么多年,现在为什么没有一个人前来欢迎我回家?"

心灵驿站

注重中庸并保持淡泊人生,乐观知足的状态,才能使自己体会出无尽的乐趣,达到人生的理想境界。

08 美丽在远处

和朋友一起游泰山,坐在半山腰一家酒店喝酒。酒店后边不远处有几株槐树,开满了槐花,浓郁的香气沁人心脾。店前的小院中挺立着几丛翠竹,叶子在微风中沙沙成韵。我不禁感慨:"什么时候也能来这儿住住,这辈子才不算虚度呀!"

店主端菜进来时听了我的话,笑着说:"你只是那么远望着才这么想,真要来了,住不上半年,你又想着往下跑了。"

"为什么呢?"

"人都是这样子,再美的地方住得久了,也就不觉得美了。"

我不想顺着她的话往下说,就用手指指窗外,道:"我才不会呢,就凭这几丛竹子,怎么也得住上个十年八年的!"

店主人笑了,说:"我刚来的时候,也蛮喜欢这里的。后来发现,山上气候比不得地面,雨大风更大,刮起来就像老虎啸似的,整间小屋都好像在颤动,怪吓人的,常常整个晚上睡不着。后来倒真的越来越烦了,生怕有一天雨大了把我们冲下去,到时候连尸骨都不知道到哪里找哩!"

听了她的话,我心里升起一股淡淡的怅惘和失落。我不能不承认,她说得很具哲理。

心灵驿站

没有得到的永远是最好的。当我们仰望天空时,星星向我们眨着眩惑的眼。等到有一天,我们真的置身其中与它相对厮守时,美丽也就渐渐地离我们远去。留一段观赏的距离,或浅尝辄止,是对美的最好的把握方式。人生最美好的也总是得不到的和已失去的。

09 高明的厨师

有一个悲观的人,天天抱怨自己的生活。在他眼里,所有的事都那么艰难,一个问题刚解决,新的问题就又出现了。他不知该如何应付生活,已经厌倦抗争和奋斗,准备自暴自弃了。

他的一位厨师朋友,想帮助他振奋起来,就把他带进厨房。厨师先往

三只锅里倒入一些水,然后把它们放在旺火上烧。不久锅里的水烧开了。厨师往一只锅里放些胡萝卜,第二只锅里放入鸡蛋,最后一只锅里放入碾成粉末状的咖啡豆。厨师将它们浸入开水中煮,一句话也没有说。

　　悲观的人咂咂嘴,不耐烦地等待着,他搞不明白朋友在做什么。大约二十分钟后,厨师把火关了,把胡萝卜捞出来放入一个碗内,把鸡蛋捞出来放入另一个碗内,然后又把咖啡舀到一个杯子里。做完这些后,厨师才转过身问他:"老伙计,你看见什么了?"

　　"胡萝卜、鸡蛋、咖啡。"他回答。

　　厨师让他靠近些并让他用手摸摸胡萝卜。他摸了摸,注意到它们变软了。厨师又让他拿一只鸡蛋并打破它,将壳剥掉后,他看到了是只煮熟的鸡蛋。最后,厨师让他喝了咖啡。品尝着香浓的咖啡,悲观的人疑惑地问道:"这意味着什么?"

　　厨师解释说,这三样东西面临同样的逆境——煮沸的开水,但其反应各不相同。胡萝卜入锅之前是强壮的,结实的,毫不示弱,但进入开水之后,它变软了,变弱了。鸡蛋本来是易碎的,它用薄薄的外壳保护着它呈液体的内脏,但是经开水一煮,它的内脏却变硬了。而粉状咖啡豆更是独特,进入沸水之后,它们反倒改变了水。"哪个是你呢?"厨师问他,"当逆境找上门来时,你该如何反应?你是胡萝卜,是鸡蛋,还是咖啡豆?"

悲观的人笑了,他明白了朋友的用心良苦,也领悟到了逆境对于人生的意义。从此,这位悲观的人不再自暴自弃,而是用微笑来面对生活。

心灵驿站

命运赐给我们机遇和幸福,同时也给我们缺憾和苦难,我们没有必要猥琐自卑,更没有必要怨天尤人,用坚强的意志和刚毅的态度对待磨难,用豁达的心态对待生活,就会多一些希望,多几分幸福。

10 思想垃圾

有人问布莱克:"你成为一位伟大的思想家,成功的关键是什么?"

"多思多想!"布莱克回答。

这人满怀"心得",回去躺在床上,望着天花板,一动也不动,开始多思多想。

一个月以后,布莱克在回家的路上,碰见了那人的妻子。她对布莱克说:"求你去见我丈夫一面吧,他从你那儿回来后,就像中了魔一样。"

布莱克到了那人的家一看,只见那人变得骨瘦如柴,拼命挣扎着爬起,对布莱克说:"我每天除了吃饭,一直在思考,你看我离伟大的思想家还有多远?"

"你整天只想不做,那你思考了些什么呢?"布莱克问。

那人道:"想的东西太多,头脑里都装不下了。"

"我看你除了脑袋上长满头发,收获的全是垃圾。"

"垃圾?"

"只想不做的人只能生产思想垃圾。"布莱克答道。

心灵驿站

只想不做,再好的想法也只能是空想,只有行动,才能使想法变为现实。要知道"实践出真知""实践才是检验真理的唯一标准"。

11 点燃一盏油灯

有一个年轻的学生害怕麻烦老师,所以不敢提问题。细心的老师发现了这种现象,就追问他原因。年轻人解释说:"老师,您知道吗?您给我的答案我又忘记了。我很想再次请教您,但一想我已经麻烦您许多次了,就不敢再去打扰您了!"

老师想了想,对年轻人说:"先去点一盏油灯。"年轻人照做了。

老师接着又说:"再多取几盏油灯来,用第一盏灯去点燃它们。"年轻

第四章 给梦一把梯子

人也照做了。

老师便对他说:"其他的灯都由第一盏油灯点燃,第一盏灯的光芒有损失吗?"

"没有啊!"年轻人回答。

"所以,我也不会有丝毫损失的,欢迎你随时来找我。"

心灵驿站

"一花独放不是春,百花齐放春满园"。每个人的能力都有一定限度,善于与人合作的人,能够弥补自己能力的不足,达到自己原本达不到的目的。但是只有有心与人合作,善假于物,取人之长,补己之短。这样可以互惠互利,让合作的双方都从中受益。

12 置之死地而后生

恺撒在尚未掌权之前是一位出色的军事将领。有一次,他奉命率领舰队前去征服英伦诸岛。

他在出发前检阅舰队时,发现了一个严重的问题。随船远征的军队人数少得可怜,而且武装配备也残破不堪,以这样的军队实力妄想征服骁勇善战的盎格鲁-撒克逊人,无异于是以卵击石。

但恺撒当下还是决定启程,舰队向英伦诸岛驶去。在到达目的地之后,恺撒等所有兵丁全数下船后,立即命令亲信部属一把火将所有战舰烧毁。

同时他召集全体士兵训话,明确地告诉他们:战船已经烧毁,所以现在只有两种选择。一是勉强应战,如果打不过勇猛的敌人,后退无路,只得被赶入海中喂鱼。另一条路是,不管军力、武器、补给的不足,奋勇向

117

前,攻下该岛,这样人人皆有活命的机会。

于是,士兵们人人抱定必胜的决心,与数倍于他们的敌人展开了殊死搏斗。最后,终于攻克强敌,而恺撒也因为这次成功的战役,声名鹊起,为他日后成为罗马的独裁者奠定了基础。

心灵驿站

在很多时候,我们都需要一种斩断自己退路的勇气。因为,如果身后还有退路,我们就会心存侥幸和安逸,前行的脚步也会放慢;如果身后无退路,我们就会集中全部精力,勇往直前,为自己赢得出路。

13　希望活着

一个深夜,美国费城的布莱恩柯夫酒店突然起火,当时258名旅客多数正在熟睡,人们醒来时所有的房间都已被滚滚浓烟笼罩。尽管消防队员也赶来了,但求生的本能,还是使许多人开窗从高楼跳下,一个个躯体直挺挺地砸在户外的人行道上,发出恐怖而沉闷的响声,然后归于寂然。

这时,有一个姑娘站在七楼的一个窗口,背后是熊熊的火光。只见她镇静地看了看窗下,大声高喊着:"我希望活着,我希望活着!"然后长发飘飘地纵身跃下……

奇迹发生了。她果然成了一名不可思议的幸存者,而且这个姑娘空中跃下的惊人一瞬被过路的大学者阿诺德抓拍了下来,定格在历史写真的胶片里,供更多的活着的人们回味……

第四章 给梦一把梯子

心灵驿站

寻求别人的帮助,解决问题固然可以轻松一些,可这毕竟不是长久之计。所以,在遇到困难时,不要总指望别人。要知道,求人不如求己,自己才能拯救自己。

14 人生的考试

一个寒冷的冬季,刚刚中学毕业的戴维带着对音乐的狂热,只身来到纳什维尔,希望成为一名流行音乐的节目主持人。

然而,他四处碰壁。一个月下来,口袋里的钱也差不多都花完了。最后只剩下一美元,戴维却怎么也舍不得把它花掉,因为上面满是他喜爱的歌星的亲笔签名。

一天早晨,戴维在停车场留意到一名男子坐在一辆破旧不堪的汽车里,一连两天,汽车都停在原地,而那男子每次看到他都温和地跟他打招呼。戴维心里非常纳闷,这么大的风雪,他待在那儿干吗?

第三天早晨,当他走近那辆破车时,那名男子把车窗摇下来。戴维停住脚步,和他攀谈起来。交谈中,戴维了解到,他是来这里应聘的,但因为早到了三天,无法立即工作。口袋里又没钱,因此只好待在车里不吃不喝。

他忸怩片刻,然后红着脸问戴维能否可以借给他一美元买点吃的,日后一定还他。然而,戴维也是自身难保,向他解释了自己的困境之后,不忍看到他失望的表情而转身离去。

突然,戴维想起自己口袋里的那一美元,犹豫了片刻,最后还是下了决心,他走到车前,把钱递给了男子。男子的两眼顿时亮了起来。"有人在上面签满了字。"男子说,他并不知道那全是亲笔签名。

那天,戴维尽量不去想这珍贵的一美元。然而时来运转,就在当天早晨,一家电台通知他去录节目,薪金每周五百美元。从那以后,戴维一炮打响,成为正式的节目主持人,再不用为维持生计而发愁。

戴维再没见过那辆汽车和那名男子。有时候,他在想他到底是乞丐,还是上天派来的使者。但有一点是清楚的,这是他人生碰到的一次至关重要的考试——他通过了。

心灵驿站

一个富有的人,给人以帮助固然是一种美德,然而一个肯把最后的一元钱全部施舍给别人的人,才是真正无私的人。

15　想改变命运的人

有个人来到上帝面前,乞求上帝改变他的命运。上帝微笑着给了他一把钥匙,让他走进命运的房间自己选择。

他来到财富的房间,可唯独不见快乐,于是他说:"没有快乐的生活,绝不是我的心愿。"

他来到权力的房间,看不到一点真诚,于是他说:"我不要充满了欺骗的生活,这太危险。"

他来到欲望的房间,寻找一种我行我素的境界,可他却怎么也找不见爱情,于是他说:"我不要这动物一般的生活,它本身就是灾难。"

最后,他空着手回到上帝面前,说:"我找到了我的命运拼图,它们是由快乐、真诚和爱情构成的画面!那就是自由空间!"

心灵驿站

在人的一生之中,自由最为珍贵。一个人一旦失去了生活的自由,无疑和古代的奴隶一样。但为了自由,我们必须要解放自己,还要防范一些危险,付出某些代价。

16 一枚硬币

两个年轻人一同寻找工作,一个是美国人,一个是犹太人。

一枚硬币躺在地上,美国青年看也不看地走了过去,犹太青年却激动地将它捡起。

美国青年对犹太青年的举动露出鄙夷之色:一枚硬币也捡,真没出息!

犹太青年望着远去的美国青年心生感慨:让钱白白地从身边溜走,真没出息!

两个人同时走进一家公司。公司很小,工作很累,工资也低,美国青

年不屑一顾地走了,而犹太青年却高兴地留了下来。

两年后,两人在街上相遇,犹太青年已成了老板,而美国青年还在寻找工作。

美国青年对此不可理解,说:"你这么没出息的人怎么能这么快地当上老板了呢?"

犹太青年说:"因为我没有像你那样绅士般地从一枚硬币上迈过去。你连一枚硬币都不要,怎么会发大财呢?"

心灵驿站

"千里之行,始于足下"。不要轻视任何微小的收获或进步,不肯从小事做起的人注定不能成功。

17 推 销

有一个业务员到一家公司去推销产品。他请秘书恭敬地把名片交给董事长,正如他所料,董事长厌烦地把名片丢回去,"又来了!"很无奈地,秘书把名片退回给站在门外受尽尴尬的业务员,业务员不以为然地再把名片递给秘书。

"没关系,我下次再来拜访,但还是请董事长留下名片。"

拗不过业务员的坚持,秘书硬着头皮再进办公室,董事长火大了,将名片一撕两半,丢回给秘书。

秘书不知所措地愣在当场,董事长更生气了,从口袋里拿出十块钱,"十块钱买他一张名片,够了吧!"

岂知当秘书递还给业务员名片与钞票后,业务员很开心地高声说:

"请你跟董事长说,十块钱可以买两张我的名片,我还欠他一张。"

随即又掏出一张名片递给秘书。突然,办公室里传来一阵大笑,董事长走了出来说:

"这样的业务员不跟他谈生意,我还找谁谈?"

心灵驿站

一个成功的营销人员,他很明白这个道理。所以在与客户交往的过程中,他会先进行一些铺垫,一些感情投资,然后,才有可能在一步步的交往过程之中,逐渐与对方进一步地拉近距离。所以,不同的营销人员在同一个客户心目当中的地位是不同的。宽容别人的不足,是一种修养,是一种是一种恢弘的气度,是一种优秀的品质。

18　咒　语

在广州上学时,有一回在学校附近碰见一个年轻的妇女站在大树底下兜售一种长方形单面有图案的纯棉购物口袋,价钱相当便宜,只售一元,于是一口气买了五个。

布袋拿回宿舍,同学都说值,不料一位细心的同学蓦然惊呼:"怎么上面有个'死'字!"定睛一看,布袋的图案四周原来还环绕着一圈外文,几个较长的单词不认识,字典里也没有,中间一个"die"却赫然触目惊心!再细看图案本身,几个简单而形状怪异的色块拼凑在一起,谁也辨不出那究竟是什么。

"我说这么便宜!""准是邪教的图腾!""巫婆!""咒语!"同学们大呼小叫。

虽说向来不信邪,照用不误,但挎着口袋上街时还是小心地把有图案的一面向里,以免引来旁人注目。有次要寄衣物回家,那些口袋是再好不过的包裹,但瞅着那个碍眼的"die",心里仍有些别扭,总不能往家里寄去一份不祥吧? 后来想出个好主意,用同色的彩笔在"die"后面加上"t",成"饮食、节食"之意。自忖破去一劫,顿时心安理得。

直至一年后,认识了一个外语学院的朋友,"咒语"之谜方水落石出:那句奇怪的外文其实是德语。"die"是德语中一个再普通不过的冠词,发音为"地",用法相当于英语"the",专用以修饰阴性名词,"咒语"全句的意思是"保护世界环境"。

恍然悟过之后回头再看那神秘的图案,原来竟是世界七大洲的板块!

第四章 给梦一把梯子

心灵驿站

在生活当中,当我们面对难以解开的局面时,只要突破设定,打破常规,敢于跳出条条框框,少一份感性想象,多一些理性假设,往往会取得意想不到的效果。

19 墓碑

在堪萨斯州的希雅瓦达,有一座名为霍普山的墓园中竖立着几个奇特的墓碑。那是一位白手起家、名叫戴维斯的农夫竖起来的。起初他是一个收入低微的工人,但凭着超人的意志力和勤俭,终于积聚起一笔可观的财富。然而在这过程中,农夫并没有结交太多的朋友。他跟妻子的家人也不亲近,因为他们原本就认为他配不上她。他非常生气,于是决定不给姻亲们留任何钱。

戴维斯的妻子逝世后,他为她竖起一块精致的墓碑。他雇请一位雕刻家设计,上面有他们夫妻俩的情侣坐像。他对雕刻家的作品大为满意,于是吩咐再造一个,这次是他自己跪在妻子坟前放下花圈的样子。由于第二个雕像更令他喜欢,他决定再订制第三个,这次是他妻子跪着把花圈放在他未来墓地上的姿势。他要求雕刻家在妻子背上加上一对小翅膀,那是因为她已去世,所以要使她看起来像个天使。雕像一个接一个,为了雕塑自己和妻子的墓碑,农夫最终花了不下 50 万美元。

每当有人建议他参与慈善活动,这位年老的守财奴都会满不高兴地皱起眉头,咬牙切齿地嚷嚷:"这个城市为我做过什么? 我并没有欠它什么!"

在把财富全数耗尽在石碑和自私的消遣上之后,92 岁的约翰·戴维斯,带着一副冷酷的面容在贫民院中逝世。

戴维斯的葬礼只有很少的人参加,据说仅有一个人对他的死表示难过,那人名叫荷瑞斯·英格兰,就是那个卖墓碑的推销员。

心灵驿站

过于铺张或过于吝啬,都容易被金钱所驱使。对于金钱,我们应取之有道,而且应该把它用在有意义的事情上。不管在什么时候,都要做金钱的主人,而不要做金钱的奴隶。

20 一杯水

有一位讲师在讲授"压力管理"课时,拿起一杯水,然后问听众:"各位认为这杯水有多重?"听众有的说400克,有的说500克不等。讲师则说:"这杯水的重量并不重要,重要的是你能拿多久?拿一分钟,各位一定觉得没问题;拿一个小时,可能觉得手酸;拿一天,可能就得叫救护车了。其实这杯水的重量是不变的,但是你若拿得越久,就觉得越沉重,这就像我们承担的压力一样。如果我们一直把压力放在身上,不管时间长短,到最后就觉得压力越来越沉重而无法承担。我们必须做的就是放下这杯水,休息一下后再拿起,如此我们才能拿得更久。所以,各位应该将承担的压力于一段时间后适时地放下并好好地休息一下,然后再重新拿起来,如此才可承担得更久。"

心灵驿站

每一个欲有所作为的人承受的压力都不会少,但是,压力对我们的影响操纵在我们自己的手中,要学会适时地释放压力,缓解压力,不要被压力压弯了脊梁。

21 过桥

弗洛姆是一位著名的心理学家。一天，几个学生向他请教：心态对一个人会产生什么样的影响？

他微微一笑，什么也不说，把他们带到一间黑暗的房子里。在他的引导下，学生们很快就穿过了这间伸手不见五指的神秘房间。接着，弗洛姆打开房间里的一盏灯，在这昏黄如烛的灯光下，学生们才看清楚房间的布置，不禁吓出了一身冷汗。原来，这间房子的地面是一个很深很大的水池，池子里蠕动着各种毒蛇，包括一条大蟒蛇和三条眼镜蛇，有好几只毒蛇正高高地昂着头，朝他们"嗞""嗞"地吐着信子。就在这蛇池的上方，搭着一座很窄的木桥，他们刚才就是从这座木桥上走过来的。

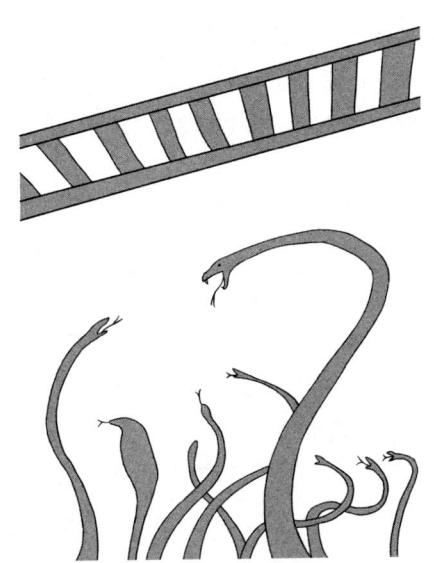

弗洛姆看着他们，问："现在，你们还愿意再次走过这座桥吗？"大家

你看看我,我看看你,都不做声。

过了片刻,终于有三个学生犹犹豫豫地站了出来。其中一个学生一上去,就异常小心地挪动着双脚,速度比第一次慢了好多倍;另一个学生战战兢兢地踩在小木桥上,身子不由自主地颤抖着,才走到一半,就挺不住了;第三个学生干脆弯下身来,慢慢地从小桥上爬了过去。

"啪",弗洛姆又打开了房内另外几盏灯,强烈的灯光一下子把整个房间照耀得如同白昼。学生们揉揉眼睛再仔细看,才发现在小木桥的下方装着一道安全网,只是由于网线的颜色极暗淡,他们刚才都没有发现。弗洛姆大声地问:"你们当中还有谁愿意现在就通过这座小桥?"

学生们没有做声。"你们为什么不愿意呢?"弗洛姆问道。"这张安全网的质量可靠吗?"学生心有余悸地反问。

弗洛姆笑了:"现在我可以解答你们的疑问了。这座桥本来不难走,可是桥下的毒蛇却对你们造成了心理威慑,于是,你们就失去了平静的心态,乱了方寸,慌了手脚,表现出各种程度的胆怯。因此,心态对行为当然是有影响的啊!"

心灵驿站

如果你瞻前顾后,如果你犹豫不决,如果你不能身体力行,如果你不知道自己该做什么,那么属于你的只有失败,你就永远不可能达到胜利的彼岸,永远都无法摘到胜利的硕果。

22 逆 风

哲人问了沮丧的青年一个问题:"当狂风暴雨来临、泥石流滚滚而下的时候,你恰站在一座大山脚下,这时你是向风雨猛烈的山顶跑呢,还是迅速向平坦的洼地撤退?"

"当然是向平坦的洼地撤退了。"青年不假思索地回答。

"错。"哲人平静地说。

猛然一愣之后,青年恍然大悟,哲人说得对。如果向平坦的地方跑,你跑得再快也不可能快过山洪暴发时所引起的那一泻千里的泥沙石块,这些泥沙石块随时都有可能将你悄无声息地埋没;如果你继续向山顶攀登,向上跋涉,虽然这样很缓慢,但至少山顶是没有泥石流的,这样你就少了一份危险,你等于是在为自己创造一个安全的环境,是在一步步地向生的希望迈进!

心灵驿站

以顽强的毅力和百折不挠的奋斗精神去迎接生活的挑战,你才能够免遭淘汰。上苍能在无意中夺去你的视力,也可以在不觉中毁掉你的手臂,但只要你能充满信心地与命运进行搏斗,你就能战胜一切困难和障碍。要知道,蒙灰的黄金要经过时间的流逝和风雨的打击,才会发出耀眼的光芒。

23 心急的农夫

有个年轻的农夫,一天,他约好与情人相会。小伙子性急,来得太早,又不会等待。他无心观赏那明媚的阳光、迷人的春色和娇艳的花姿,烦躁不安,一头倒在大树下长吁短叹。

忽然,他面前出现了一位白发长者。"我知道,你为什么闷闷不乐。"长者说,"拿着这纽扣,把它缝在衣服上。你遇着不得不等待的时候,只要将这纽扣向右一转,你就能跳过时间,要多远有多远。"

这倒合小伙子的胃口。他握着纽扣,试着一转:啊,情人已然出现在自己眼前,正朝他目送秋波呢!他心里想,要是能现在就举行婚礼,那就更棒了。他又转了下:隆重的婚礼,丰盛的酒席,他和情人并肩而坐,周围管乐齐鸣,悠扬醉人。他抬起头,盯着妻子的眸子,又想:现在要是只有我们俩该有多好!他悄悄转了一下纽扣:马上夜深人静……他心中的愿望层出不穷:我们应该有座房子。他转动纽扣:房子一下子飞到他眼前,宽敞明亮,美丽而温馨。我们还缺几个孩子,他又迫不及待,使劲转了一下纽扣:日月如梭,顿时已儿女成群。他站在窗前,眺望葡萄园,真遗憾,它尚未果实累累。偷转纽扣,飞越时间。脑子里愿望不断,他又总急不可待,将纽扣一转再转。

生命就这样从他身边急驰而过。还没来得及细细品尝滋味,他已经老态龙钟,衰卧病榻。至此,他再也没有要为之而转动纽扣的事了。

心灵驿站

生命如茶,不管是浓茶还是淡茶,都需要慢慢等待,细细品尝。只有这样,才能尝到自己想要的味道。凡事都不能操之过急,尽量避免因为急躁而犯下难以弥补的错误。

24　国王与亲信

国王在外面喜欢上了另外的女人,却又担心被王后知道,整天担惊受怕。

这时有一个很会讨好国王的人主动出谋划策,为国王设定了许多与情人约会的方式,国王与情人的事情也只有这个亲信最清楚。

不久之后,王后察觉到了国王的不轨,就准备询问那个亲信。

国王得知这个消息后，立刻找了一个罪名，把那个亲信处死了，这样再也不会有人泄露他的秘密了。

心灵驿站

并不是追随别人，就可以采集到相同的果实，跟着别人的屁股走，你所得到的，即使一时成功了，也不过是泡沫而已。别忘了，这是你的命，你有权利选择，站在你自己的镁光灯下，不做别人的影子。

25　放下坏心情

有个女人每天愁眉紧锁，小小的事情就能使她紧张不安。孩子的成绩不好，会令她一整天忧心；先生几句无心的话也会让她黯然神伤。她说："几乎每一件事情，都会在我的心中盘踞很久，造成坏心情，影响生活和工作。"

有一天，她有个重要的会议，但是沮丧的心情却挥之不去，看看镜子里自己的脸庞，竟然无精打采。她打电话问一个朋友："该怎么做？我的心情沮丧，模样憔悴，没有精神，怎么能应付重要的会议？"

那个朋友告诉她："把令你沮丧的事放下，洗把脸，把无精打采的愁容洗掉，修饰一下仪容以增强自信，想象自己是一个得意快乐的人。注意！假装成高兴充满自信的样子，你的心情会好起来。很快地，你就会谈笑风生，笑容可掬。"她照着去做了。当天晚上在电话中她告诉朋友："我成功地参加了这次会议，还争取到了新的计划和工作。我没想到强装信心，信心真的会来；假装着好心情，坏心情自然也会消失。"

心灵驿站

在通往成功的奋斗之路上,积极乐观的人总能无数次在山穷水尽之时,发现柳暗花明之处,一路畅通无阻地走来;而消极悲观的人则在面对困境之日盲目退缩,心灰意冷,一次次错过成功的机会。这就是心态的不同所产生的截然相反的结果。

26　死亡约会

从前,一位富有的巴格达商人派仆人去市场购买东西。

在市场上,人群中有人推挤了仆人一下,他回头一看,原来是一个身披黑长袍的老妇人,他认出那是"死神"。

仆人赶忙跑回去,一面发抖,一面向主人述说方才的遭遇,以及"死神"怎样用奇特的眼神看着他,并露出威胁的表情。

仆人乞求主人借他一匹马,好让他逃到撒玛拉,免得"死神"找到他。

主人同意了,仆人立刻上马疾驰而去。

商人稍后赶到市场,看见"死神"就站在附近。商人说:"你为什么作出威胁的神情,恐吓我的仆人?"

"那不是威胁的神情,""死神"说,"我只是很奇怪怎么会在巴格达看见他,我们明明约好今晚在撒玛拉碰面的!"

心灵驿站

想改变自己的命运固然是件好事,但不可只追求表现形式上的改变,应该先要改变自己的内心。只有改变自己的内心,才能真正地改变自己的命运。

27　寻找生命中的繁星

丈夫奉命到沙漠腹地参加军事学习。年轻的塞尔玛孤零零一个人留守在一间集装箱一样的铁皮小屋里,炎热难耐,周围只有墨西哥人与印第安人。他们不懂英语,无法与之进行交流。她寂寞无助,烦躁不安,于是写信给她的父母,想离开这鬼地方。父亲的回信只写了一行字:

"两个人同时从牢房的铁窗口望出去,一个人看到泥土,一个人看到了繁星。"

她开始没有读懂其中的含义,反复几遍后,才感到无比的惭愧,决定留下来在沙漠中去寻找自己的"繁星"。她一改往日的消沉,积极地面对人生。她与当地人广交朋友,学习他们的语言。她付出了热情,人们也回报了她热情。她非常喜爱当地的陶器与纺织品,于是人们便将舍不得卖给游客的陶器、纺织品作为礼物送给她,她很受感动。她的求知欲望与日俱增。她十分投入地研究了让人痴迷的仙人掌和许多沙漠植物的生长情况,还掌握了有关土拨鼠的生活习性,观赏沙漠的日出日落,并饶有兴致地寻找海螺壳……沙漠没有变,当地的居民没有变,只是她的人生视角变了,一念之差使她变成了另外一个人。原先的痛苦与沉寂没有了,代之以积极的冒险与进取。她为自己的新发现而激动不已,于是拿起笔,一本名为《快乐的城堡》的书两年后出版了。最终,她经过自己的努力看到了"繁星"。

心灵驿站

你的心态就是你真正的主人。要么是你驾驭生命,要么是生命驾驭你。适者生存,不能让环境适应你,应该学会适应环境,积极面对人生。只有这样,才能看到生命中的"繁星"。

28 富翁与乞丐

有位富翁十分有钱,但却总是得不到旁人的尊重,为此他苦恼不已,每日寻思如何才能得到众人的敬仰。

某日在街上散步时,他看到街边有个衣衫褴褛的乞丐,心想机会来了,便在乞丐的破碗中丢下一枚亮晶晶的金币。

谁知乞丐头也不抬地仍是忙着捉虱子,富翁不由生气:"你眼睛瞎了?没看到我给你的是金币吗?"

乞丐仍是不看他一眼,答道:"给不给是你的事,不高兴可以拿回去。"

富翁大怒,意气用事起来,又丢了十个金币在乞丐的碗中,心想他这次一定会趴着向自己道谢。却不料,乞丐仍是不理不睬。

富翁几乎要跳了起来:"我给你十个金币,你看清楚,我是有钱人,好歹你也尊重我一下,道个谢你都不会。"

乞丐懒洋洋地回答:"有钱是你的事,尊不尊重你则是我的事,这是强求不来的。"

富翁急了:"那么,我将我的财产的一半送给你,能不能请你尊重我呢?"

乞丐翻着一双白眼看他:"给我一半财产,那我不是和你一样有钱了吗?为什么要我尊重你。"

富翁更急起来道:"好,我将所有的财产都给你,这下你可愿意尊重我了?"

乞丐大笑:"你将财产都给我,那你就成了乞丐,而我成了富翁,我凭什么来尊重你。"

心灵驿站

学会尊重每一个人,无论一个人的身份和工作多么卑微,我们都应尊重他,这是我们应该具备的良好品质。要知道,尊重没有高低贵贱之分,而且尊重别人就是尊重自己。

29 小山和小水

从前有两个年轻人,一个叫小山,一个叫小水,他们住在同一村庄,是最要好的朋友。由于居住在偏远的乡村谋生不易,他们就相约到外地去做生意,于是同时把田产变卖,带着所有的财产和驴子到远地去了。

他们首先抵达一个盛产麻布的地方,小水对小山说:"在我们的故乡,

135

麻布是很值钱的东西,我们把所有的钱换取麻布,带回故乡一定会有利润的。"小山同意了,两人买了麻布,细心地捆绑在驴子背上。

接着,他们到了一个盛产毛皮的地方,那里也正好缺少麻布,小水就对小山说:"毛皮在我们故乡是更值钱的东西,我们把麻布卖了,换成毛皮,这样不但我们的本钱收回了,返乡后还有很高的利润!"

小山说:"不了,我的麻布已经很安稳地捆在驴背上,要搬上搬下多麻烦呀!"

小水把麻布全换成毛皮,还多了一笔钱。小山依然是一驴背的麻布。

他们继续前进到一个生产药材的地方,那里天气苦寒,缺少毛皮和麻布,小水就对小山说:"药材在我们故乡是更值钱的东西,你把麻布卖了,我把毛皮卖了,换成药材带回故乡一定能赚大钱的。"

小山拍拍驴背上的麻布说:"不行,我的麻布已经很安稳地在驴背上,何况已经走了那么长的路,装上卸下的太麻烦了!"小水把毛皮都换成药材,又赚了一笔钱。小山依然只有一驴背的麻布。

后来,他们来到一个盛产黄金的小镇,那是个不毛之地,非常欠缺药材,当然也缺少麻布。小水对小山说:"在这里药材和麻布的价钱很高,黄金很便宜,我们故乡的黄金却十分昂贵,我们把药材和麻布换成黄金,这一辈子就吃穿不愁了。"

小山再次拒绝了:"不!不!我的麻布在驴背上很稳,我不想变来变去呀。"小水卖了药材,换成黄金,小山依然守着一驴背的麻布。

最后,他们回到了故乡,小山卖了麻布,虽然也获得了一定的利益,但和他辛苦的远行不成比例。而小水不但带回一大笔财富,把黄金卖了后,居然成为当地最大的富翁。

心灵驿站

人生不能缺少执著,更不能缺少变通;只有突破思维的束缚,我们才能正确地看待和评价事物的是与非,才能在理想的道路上执著而又灵活平稳地前进。当我们真正地将"变通"与"执著"融合,真正获得思维的解放,或许我们会得到更多。

第五章

禅意人生

世间没有永远的快乐,就像这世间没有永远的白天一样。世间也没有永远的痛苦,好似这世间没有永远的黑夜一样。生活中,快乐甜甜,也不缺乏痛苦连连。快乐时无需大喜大乐,因为快乐的长度并不长;痛苦时亦无须大悲大痛,因为痛苦的长度也不长。

01　不做金钱的奴隶

有位信徒对默仙禅师说:"我的妻子贪婪而且吝啬,对于做好事情行善,连一点儿钱财也不舍得,您能慈悲到我家里去,向我太太开示,行些善事好吗?"

默仙禅师是个痛快人,听完信徒的话,非常慈悲地答应下来。

当默仙禅师到达那位信徒的家里时,信徒的妻子出来迎接,可是却连一杯茶水都舍不得端出来给禅师喝。于是,禅师握着一个拳头说:"夫人,你看我的手,天天都是这样,你觉得怎么样呢?"

信徒的夫人说:"如果手天天这个样子,这是有毛病,畸形的啊!"

默仙禅师说:"对,这样子是畸形!"

接着,默仙禅师把手伸展开成了一个手掌,并问:"假如天天这个样子呢?"

信徒夫人说:"这样子也是畸形啊!"

默仙禅师趁机说道:"不错,夫人,这都是畸形,钱只知道贪取,不知道布施,是畸形。钱只知道花用,不知道储蓄,也是畸形。钱要流通,要能进能出,要量入为出。"

握着拳头暗示过于吝啬,张开手掌则暗示过于慷慨。信徒的太太在默仙禅师这么一个比喻之下,对做人处世、经济观念,以及用财之道豁然领悟了。

心灵驿站

金钱固然重要,但金钱并不是万能的。如果一个人被金钱蒙住了双眼,便会迷失了自己的世界,也领略不到生活中的真善美,这样的人永远也不会快乐,也永远找不到生命的真谛。

02　瘸腿的少尉

法国一个偏僻的小镇,传说有一个特别灵验的矿泉,常会出现奇迹,可以医治各种疾病。

有一天,一个拄着拐杖、少了一条腿的退伍少尉,一跛一跛地走过镇上的马路。旁边的居民带着同情的口吻说:"可怜的家伙,难道他要向上帝祈求再有一条新腿吗?"这一句话被退伍的少尉听到了,他转过身对他们说:"我不是要向上帝祈求有一条新的腿,而是祈求他帮助我,教我没有一条腿后,也知道如何过日子。"

心灵驿站

当人生的不幸到来时,积极的心态是一个人战胜一切艰难困苦,走向成功的推进器。积极的心态能够激发我们自身的所有聪明才智;而消极的心态,就像蜘蛛网缠住昆虫的翅膀、脚足一样,束缚人们才华的光辉。

03　死在钱袋边的穷人

从前,有一个人很穷,穷得连床也买不起,家徒四壁,只有一张长凳,他每天晚上就在长凳上睡觉。但这个人很吝啬,他也知道自己的这个毛病,可就是改不了。

他向佛祖祈祷:"如果我发财了,我绝不会像现在这么吝啬。"

佛祖看他可怜,就给了他一个装钱的口袋,说:"这个袋子里有一个金币,当你把它拿出来以后,里面又会有一个金币,但是当你想花钱的时候,只有把这个钱袋扔掉才能花钱。"

那个穷人欣喜若狂,他不断地往外拿金币,整整一个晚上没有合眼,地上到处都是金币。这一辈子就是什么也不做,这些钱也足够他花的了。

每次当他决心扔掉那个钱袋的时候,都舍不得。于是他就不吃不喝地一直往外拿着金币,屋子里装满了金币。可是,他还是对自己说:"我不能把袋子扔了,钱还在源源不断地出,还是让钱更多一些的时候,再把袋子扔掉吧!"

到了最后,他虚弱得再也没有把钱从口袋里拿出来的力气了,但他还是不愿把袋子扔掉,终于死在了钱袋旁边,屋子里装的都是金币。

心灵驿站

生活中有些人永远都不懂得知足,因为不知足,因为过于贪婪,最后把自己也葬送了。

04 爬楼与人生

一对兄弟出去旅游,然后一起回家。

他们的家住在80层楼,他们一人背着一大包的行李回家,却发现大楼停电了。

于是哥哥就说:"弟弟,我们一起爬楼梯上去吧。"

弟弟点点头同意了。

到了20层的时候,哥哥又告诉弟弟:"包太重了,我们把它放在30层,我们爬上去,明天再下来拿。"

弟弟说:"好。"

于是他们就把装行李的包放在20层,继续往上爬。

到了40层,弟弟开始抱怨,于是就跟哥哥吵起来了。

他们边吵边爬,爬到了60层,哥哥就对弟弟说:"只剩20层了,我们不要吵了,默默地爬完它吧!"

于是他们各走各的,终于到了家门口。

哥哥就摆出了很帅的姿势说:"弟弟开门。"

弟弟就对哥哥说:"别闹了,钥匙不是在你那儿吗?"

结果,他们把钥匙留在20层的包里了。

心灵驿站

不要盲目地急着赶路,有梦想,更要明确自己的目标——对工作,对人生,要把自己那把打开成功人生的钥匙永远要带在身边,然后,上路。

05　弯　路

美国的哈佛大学要在中国招一名学生,这名学生的所有费用由美国政府全额提供。考试结束了,有三十名学生成为候选人。

考试结束后的第十天,是面试的日子。三十名学生及其家长云集在上海的锦江饭店等待面试。

当主考官劳伦斯·金在饭店的大厅一出现,立刻被围了起来。考生们用熟练的英语向他问候,有的甚至还迫不及待地向他作自我介绍。

这时,有一名学生,不知是站起来晚了,还是什么别的原因,总之,没来得及围上去。

他站在那儿,不知如何是好。

这时,他看到了被冷落一旁的劳伦斯·金的夫人,于是就走向前去和她打招呼。他没有作自我介绍,也没有打听面试的内容,而是问她对上海的感觉如何。就在劳伦斯·金被围得水泄不通、不知如何招架的时候,他俩在大厅的一角,却聊得非常投机。

这名学生在三十名候选人中,成绩不是最好的,可是,最后他却被劳伦斯·金选中了。

> **心灵驿站**
>
> 生活中最大的成就是不断地自我改造,以使自己悟出生活之道。的确,在很多情况下,外物是无法改变的,我们能改变的就是我们的思想,遇到困难和变化时,让思维尽显其灵活和多变的本质,往往能得到更好的解决问题的方法。

06 葬礼

几年前,年轻人认识了一位年轻、有冲劲、聪明的朋友,认为他具有一切足以取得成功的必要条件。他们曾一起度过许多欢乐时光。

但不久,年轻人发现这位朋友逐渐养成了大量饮酒的习惯。有一天,他来找年轻人谈到他心脏有些毛病。由于知道年轻人曾有让心脏病痊愈的经验,因此他想和年轻人探讨一下他的健康问题。

很明显,这位朋友的心率不像正常的跳动情况。年轻人猜测,那病可能是由于酒精引起的,并将自己的看法告诉了他。这位朋友说:"我的医生也告诉我了这一点,但我想他错了。"

"你从哪儿得到的医学知识让你可以和医生争辩!"年轻人问。

"噢,我相信他开给我的药会让我好起来。走,咱们喝一杯去!"这位朋友建议道。

"我想,你正向灾难走去!不用多久,说不定很快,你就真的会有大麻烦,如果你不改掉你的生活习惯的话!"年轻人很不高兴地说。

"你和医生一样讨厌!"这位朋友说着,很生气地离开了年轻人的家。

两个月后,年轻人参加了这位朋友的葬礼。

心灵驿站

批评容易自省难,对许多人来说,缺点永远长在别人的身上,而自己的过错却可以用很多种角度去原谅。等你把自己的脸洗干净之后,再来指责别人脸上的污点吧!

07　锁定目标

有一位父亲带着三个孩子到森林中去打猎。很快,他们到达了目的地。

父亲问老大:"你看到了什么呢?"

老大回答:"我看到了猎枪、猎物,还有无边的林木。"

父亲摇摇头说:"不对。"

父亲以相同的问题问老二。

老二回答:"我看到了爸爸、大哥、弟弟、猎枪、猎物,还有无边的林木。"

父亲又摇摇头说:"不对。"

父亲又以相同的问题问老三。

老三回答:"我只看到了猎物。"

父亲高兴地点点头说:"答对了。"

心灵驿站

只有明确了目标,人生才有了奋斗的方向。目标就是你的指南针,只有朝着目标前进,你才能以最快的速度到达成功的彼岸。

08 迟到

站牌下,小张和小李正在候车。

小李道:"其实也只有两站路,何不安步当车?"

小张笑道:"你真是个原始人,为什么要舍弃现代化的交通工具呢?"

小李道:"可是我们却不知道这车何时会来。"

小张道:"反正时间还早,急什么?"

小李不再说什么了。

半晌,没有车来。

小张忍不住道:"这车怎么搞的? 早知它不来,还不如我们走着去呢!"

小李道:"现在你也变原始人了?"

小张道:"此一时,彼一时嘛!"

小李道:"那我们这就走吧,抓紧点应该还来得及。"

小张道:"慢,既然等了这么长的时间,不如再多等五分钟,说不定车就来了。"

小李默然。

车还是没来。

小张急着说："怎么搞的,一定是出了什么事了,车竟然还没来。要是我们走着去,早就到了。"

小李道："那我们还不走?"

小张道："慢,现在才走,到了那边一定迟到了,不如再等等吧,坐车总比走着快!"

小李缄口。

这一次,他们迟到了。

心灵驿站

每个人都有一把"椅背"可以依靠,虽然那也是我们前进的助力,但是因为自恃美貌、学识、人缘、机遇与祖荫,很多人反而经常在这些平顺中迷失,让优势变成弱势;因为太过安逸的生活,人慢慢失去了唾手可得的宝座。

09　怎么吃

兄弟俩打猎,一只野兔跑过来。

"我把它射到烤着吃。"哥哥拉开弓瞄准说。

"鸭是烤着好吃,但野兔还是煮着吃更有味道。"弟弟说。

"烤的好吃!"

"煮的好吃!"

两人争论不休,于是到一个人那里去评理。

那个人告诉他,把野兔分成两半,一半煮,一半烤。兄弟俩觉得有道理，就回去找那只野兔。但野兔早就跑得没有踪影了。

心灵驿站

机遇并不是神秘的宇宙天体，现实中，能够发现机遇的人多如牛毛，但却不是每个都能借助机遇的风帆取得一番成就。其中的原因就在于，发现机遇的某个人是否有争取机遇、抓住机遇和利用机遇的头脑。

10 授 艺

有一个人善于角力。他的技术高明，浑身的解数足有360种，而且每次出手都各不相同。徒弟里头，他最喜欢那个长得英俊的。他把自己的本事教给他了359样，只留下一样不肯再传。那青年本事高明，力大无比，谁也敌他不过。后来，他跑到国王面前夸口，说他所以不愿胜过师父，只因敬他年老，又看他到底总是自己的师父。其实，自己的本领和力气，绝不比师父差。

他这样傲慢无礼，国王很不高兴，叫人选了一处宽大的场地，把满朝达官贵人都请了来，观看师徒二人比赛。

那青年走进场地，耀武扬威，仿佛他的敌人即使是一座铁山，也会被他推倒。

他的师父看他力气比自己大，使出留下不传的最后一招，一把将他扭住。他还不知怎样招架，就已经被师父举过头顶，抛在地上了。满场的人都欢呼起来。国王叫人拿了一件袍子奖给师父，并对那青年斥责说："你妄想和你师父较量，可是你失败了。"

这个青年说道："皇上！他胜过我并不是凭力气。他留下一手没有传，就凭这小小的一点本事，今天把我打败了。"

149

那师父说道:"我留下这一手就是为了今天。因为圣人说过:'不要把本事全部教给你的朋友,万一他将来变成敌人,你怎样抵挡得住?'你没有听过吗?"

心灵驿站

一个真正聪明的人,是懂得收敛的人。他懂得如何有效地保护自己,并能充分地发挥自己的才华,所谓"花要半开,酒要半醉",这不能不说是中国聪明的处世哲学。

11 借 口

门外传来了敲门声,乔对妻子说:"我敢打赌,准是隔壁的布鲁格那家伙借东西来了,我们家一半的东西他都借过。""我知道,亲爱的。"乔的妻子回答道,"可你为什么每次都向他让步呢?你不会找个借口吗?这样他就什么都借不走了。""好主意。"乔走到门口,去接待布鲁格。"早晨好!"布鲁格说,"非常抱歉来打搅您。请问您今天下午用修枝剪吗?""真不巧,"乔答道,"今天整个下午我要和妻子一起修剪果树。""果真不出我所料。"布鲁格说,"那么您一定没时间打高尔夫球了,把您的高尔夫球杆借给我,您不会介意吧?"

心灵驿站

现实生活中,有些人欺软怕硬,你越谦让,他越得寸进尺。我们要掌握这些人的心理,忍让这些人只能证明你软弱可欺,从而助长他人的嚣张气焰,让他们更加肆无忌惮。

12　武士与禅宗大师

有一天,一位趾高气扬的武士遇到了一位禅宗大师。这位武士闻名天下,但看到禅师如此崇高,而此刻又是如此气度不凡,他顿时感到很自卑。

他对大师说:"为什么我会感到很自卑呢?就在刚才我还感觉良好。但是当我走进你的庭院时,我就开始自卑起来了。我以前从未有过这种感受。我面临过许多次死亡的威胁,都没有畏惧过。为什么此刻我却觉得心惊胆战呢?"

大师说:"请等一下。等其他所有人都走后,我会回答你的。"

一整天里,人们陆陆续续来此拜见大师,武士等得越来越不耐烦了。傍晚时,禅寺里已经没有什么人了,于是武士就说:"现在你可以回答那个问题了吗?"

大师说道:"请到外面来。"

这是一个月圆之夜,月亮正从地平线上徐徐升起。禅师对武士说:"看那些树!这棵树高耸入云,还有旁边那棵小的。它们在我的窗外已经共存好多年了,一直相安无事。小树从没有问过大树:'为什么在你面前我会感到自卑呢?'这棵树小,那棵树大,可为什么我从未听过它们低声谈论这些呢?"

武士说:"因为它们无法做比较。"

大师回答道:"那么你不用再问我了,因为你已经找到了答案。"

151

心灵驿站

自卑会控制你的生活,在你有所决定、有所取舍的时候,抹杀你的勇气与胆略。如果你由于自卑的打击,在忧郁的泥潭中越陷越深且无力自拔,结果沉沦于心灰意冷的"自卑情结",那你最终也难以获得令人满意的结局。我们需要正视自卑的存在,不退缩,不蛮干,尽力克服,努力超越。

13 鸟笼

两个人正在打赌。琼斯说,如果自己送给威廉一个鸟笼,并且挂在威廉房中的显眼地方,那么他就会买只鸟回来。

威廉不信,说养只鸟多麻烦啊,我肯定不会买。

琼斯就去给威廉买了一个漂亮的鸟笼,让威廉挂在客厅中引人注意的地方。

结果可想而知,只要有人走进威廉的客厅,就会问他:"威廉,你的鸟什么时候死了,怎么回事?"

"我从来没养过鸟。"威廉回答。

"那么,你要这只鸟笼干什么呀?"朋友奇怪地看着威廉,看得威廉都觉着自己好像真的有了什么问题:缺少爱心,漠不关心动物……

威廉最后还是去买了只鸟,放入那个漂亮笼子里,因为他发现,这比无休止地向大家解释要简单得多。

心灵驿站

我们应该随着时代的变迁而调整自我及信守不变的原则。而在坚持自己原则的基础上,逐渐创立自己新的原则,使自己不断发展、不断完善。

14 红舞鞋

有一双非常漂亮、非常吸引人的红色舞鞋,女孩子把它穿在脚上,跳起舞来就会感到更加轻盈、富有活力。因此姑娘们见了这双红舞鞋,眼光都发亮,兴奋得喘不过气来,谁都想穿上这双红舞鞋翩翩起舞一番。可是姑娘们都只是想想而已,没有谁敢真的把它穿在脚上去跳舞。因为传说中这双红舞鞋还是一双具有魔力的鞋,一旦穿上,跳起舞来就会永无休止地跳下去,直到耗尽舞者的全部精力为止。

有一个善舞的、年轻可爱的姑娘实在抵挡不住这双红舞鞋的魅力,不听家人的劝告,悄悄地穿上它跳起舞来。果然,她的舞姿更加轻盈,她的

激情更加奔放,姑娘感到有舞之不尽的热情与活力。她穿着红舞鞋跳过街头巷尾、跳过田野乡村,她跳得青春美丽焕发,真是人见人爱,人见人羡。姑娘自己也感到极大的满足和幸福,她不知疲倦地舞了又舞。

夜幕在不知不觉之中降临了,观看姑娘跳舞的人们也都回家休息了。姑娘也开始感到了倦意,她想停止跳舞,可是,她却无法停下脚步,因为红舞鞋还要跳下去。

狂风暴雨袭来,姑娘想停下来去躲风避雨,可是脚上的红舞鞋仍然在不停地带着她旋转,姑娘只得勉强在风雨中跳下去。

姑娘跳到了陌生的森林,她害怕起来,想回到温暖的家,可是红舞鞋还在不知疲倦地带着她往前跳,姑娘只得在黑暗中一面哭一面继续跳下去。

最后,当太阳升起来的时候,人们发现姑娘安静地躺在一片青青的草地上,她的双脚又红又肿。姑娘累死了,她的旁边散落着那双永不知疲倦的红舞鞋。

心灵驿站

追求完美是人的一种天性,没有人不喜欢完美的事物。但我们知道,这世上根本不存在十全十美的事物,所以,我们要懂得,做任何事都要掌握好分寸,更要懂得适可而止的道理,否则,过度地追求完美,必会为完美所愚弄。

15 喝 彩

一天,在公司的集会中,某先生看到一个女同事穿了一件紧身的新装,与她的胖身体很不相称,就说:

"说实话,你的这件衣服虽然很漂亮,但穿在你身上就像给桶包上了艳丽的布,因为你太胖了。"

女同事生气地走开了,从此再也没有理过他。

心灵驿站

在日常生活中,有些话直接说出来会很尴尬,还可能会遭到对方的拒绝。在这种情况下,不妨用含蓄的语言,间接地把意思委婉地表达出来。这样不但会显得很幽默,而且往往会容易达到目的。

16　感　悟

一个女子莫名其妙地被老板炒了鱿鱼。

中午,她坐在公园里的一条长椅上独自黯然神伤,她觉得自己的生活失去了颜色,变得暗淡无光。忽然,她发现不远处一个小男孩正站在她的身后咯咯地笑,她就好奇地问小男孩:"你笑什么呢?"

"这条长椅的椅背是早晨刚刚漆过的,我想看看你站起来时后背是什么样子。"小男孩说话时脸上显出得意的神情。

女子一怔,猛地想到:昔日那些刻薄的同事不正和这小家伙一样躲在我的身后想嘲笑我的失败和落魄吗? 我决不能让他们的用心得逞,我决不能丢掉我的志气和尊严。

女子想了想,指着前面对那个小男孩说:"你看那边,很多人都在滑旱冰呢。"等小男孩发觉到自己受骗而恼怒地转过脸时,女子已经把外套脱了拿在手里,露出里面鹅黄色的毛线衣,她看起来格外漂亮。小男孩甩甩手,嘟着嘴,失望地走了。

心灵驿站

悲观失望的情绪会让我们失去奋斗的激情。前进中的挫折是必不可少的,千万不要一遇到困难就放弃拥抱梦想的热情,始终保持追求梦想的冲劲与勇气,才不至于让心中那把生命之火灰飞烟灭。

17 鱼 缸

有一个单位办公室门口摆着一个挺大的鱼缸,缸里放养着几条热带鱼。这种鱼长约三寸,大头红背,长得特别漂亮,惹得许多人驻足观看。

一转眼两年时间过去了,那些鱼在这两年时间里似乎没有什么变化,依旧三寸来长,大头红背,每天自得其乐地在鱼缸里时而游玩,时而小憩,吸引着人们惊羡的目光。

一天,鱼缸的缸底被过路的顽皮孩子砸了一个大洞,待人们发现时,缸里的水已经所剩无几,几条热带鱼可怜巴巴地趴在那儿奄奄一息,人们急忙把它们打捞出来。怎么办呢?四处张望了一下,发现只有院子当中的喷水泉可以做它们的容身之所。于是,便把那几条鱼放了进去。

两个月后,一个新的鱼缸被抬了回来。人们都跑到喷水泉边来捞鱼。好不容易捞起一条,人们大吃一惊,简直有点手足无措了。两个月,仅仅是两个月的时间,那鱼竟然由三寸来长疯长到一尺来长!

心灵驿站

当"知足常乐"成为一些人生活信条的时候,"否定自己"就显得很有震撼力。确实,安于现状也能暂时得到一些世俗的幸福,但随之而来的,可能是懒散与麻木。甚至可以这样说:把自己从相对安逸的环境中开除出去,再开除自己身上的缺点,那么,你离成功的彼岸也就会越来越近。

18 成功的秘密

加拿大有一位长跑教练,以在很短的时间内培养出了几位长跑冠军而闻名。有很多人来他这里探询他的训练秘密,然而谁也没有想到他成功的秘密竟是因为有一个神奇的陪练,而这个陪练不是一个人,是一只凶猛的狼。他说他是这样决定用狼做陪练的:因为他训练的队员是长跑,所以他一直要求他的队员从家里来时一定不要借助任何交通工具,必须自己一路跑来,作为每天训练的第一课。

有一个队员每一天都是最后一个才来到,而他的家还不是最远的。教练很生气,甚至都告诉他让他改行去干别的,不要在这里浪费时间了。但是突然有一天,这个队员竟然比其他人早到了二十分钟,教练知道他离家的时间,算了一下以后惊奇地发现,这个队员今天的速度几乎可以超过世界冠军。教练见到这个队员的时候,这个队员正气喘吁吁地向他的队友们描述着他今天的遭遇。

原来,他离开家不久后,在经过一段5000米的野地时,遇到了一只觅食的野狼。那野狼在后面拼命地追他,他拼命地在前面跑,那野狼竟然被他给甩掉了。

教练明白了,这个队员今天超常的成绩是因为一只野狼,因为他有了一个可怕的敌人,这个敌人使他把自己所有的潜能都发挥了出来。

从此，教练聘请了一个驯兽师，找来几只狼，每当训练的时候，就让狼做陪练，这样一来，队员们的成绩都有了大幅度的提高。

心灵驿站

真正要做成大事的人，总是把对手当做自己的伙伴，在竞争中提高自己的智慧和能力。你的对手不仅是敌人，也是学习的对象。向你的对手祝愿成功，你们会携手走向辉煌，而互相折台只会让双方两败俱伤。

19 沙漠孤行

有一个人在沙漠中行走了两天。途中遇到沙暴，一阵狂沙吹过之后，他已不能分辨正确的方向。正当快撑不住时，突然，他发现了一幢废弃的小屋。他拖着疲惫的身子走进了屋内。这是一间不透风的小屋子，里面堆了一些枯朽的木柴。他几近绝望地走到屋角，却意外地发现了一座压水井。

他兴奋地上前汲水，却任凭他怎么压，也压不出半滴水来。他颓然坐地，却看见压水井旁，有一个用软木塞堵住瓶口的小瓶子，上面贴了一张泛黄的纸条。

纸条上写着：你必须用水灌入井中才能引水！不要忘了，在你离开前，请再将水装满！

他拔开瓶塞，发现瓶子里果然装满了水！

他的内心，此时开始矛盾着——

如果自私点，只要将瓶子里的水喝掉，他就不会渴死，就能活着走出这间屋子！

如果照纸条做，把瓶子里的水倒入井内，万一水没有了，压水井又压

小故事大智慧全集

不出水来,他就会渴死在这地方了——到底要不要冒险?

最后,他决定把瓶子里的水,全部灌入看起来破旧不堪的井里。然后他用颤抖的双手去压水,只轻轻地压了几下,水就大量地涌了出来!

他将水喝足后,又把瓶子里装满水,用软木塞封好,然后在原来那张纸条后面,又加上了他自己的话:相信我,真的有用。

心灵驿站

一分耕耘,一分收获。只有辛勤的劳动,才会有丰厚的人生回报。你想拥有金子,你的办法就只有辛勤的耕耘。

第六章

善意的人生，美好的人生

我们的生活态度是否积极，在很大程度上决定着我们每天的生活品质。无论我们身处何地，何种情况，我们都应以积极的态度生活，因为在生活中美无处不在。

01 水 手

汤姆在浓雾弥漫的海岸边遇见一个水手,他们攀谈起来。

汤姆问水手:"你怎么会爱海呢?那儿弥漫着雾,又冷。"

"海不是经常都冷、有雾的。有时,海是明亮而美丽的。但不论何种天气,我都爱海。"水手说。"当一个水手热爱他的工作时,他不会想什么危险,我们家庭里的每个人也都爱海。"

"你父亲现在何处呢?"

"他死在了海里。"

"你的祖父呢?"

"死在大西洋里。"

"你的哥哥?"

"他在印度一条河里游泳时,被一条鳄鱼吞食了。"

"既然如此,"汤姆说,"如果我是你,我就永远也不到海里去。"

"你愿意告诉我你父亲死在哪里吗?"

"啊,他在床上断的气。"

"你的祖父呢?"

"也是死在床上。"

"这样说来,如果我是你,"水手说,"我就永远也不到床上去。"

心灵驿站

乐观与积极是自我暗示最重要的导引,只要相信自己,就没有什么事是不可能的;只要相信自己,就能够充满勇气地把双脚跨出去,机会随时都将现身迎接。

02 穷汉的愿望

一个穷汉每天都在地里劳作。有一天,他突然想:"与其每天辛苦工作,不如向神灵祈祷,请他赐给我财富,供我今生享受。"

他深为自己的想法而得意,于是把弟弟喊来,把家业都委托给他,又吩咐他到田里耕作谋生,别让家人饿肚子。一一交代之后,他觉得自己没有后顾之忧了,就独自来到天神庙,为天神摆设大斋,供养香花,不分昼夜地膜拜,毕恭毕敬地祈祷:"神啊!请您赐给我现世的安稳和利益,让我财源滚滚吧!"

天神听见这个穷汉的愿望,心想:"这个懒惰的家伙,自己不工作,却想谋求巨大财富。倘若他在前世曾做布施,累积功德,那么,方便给他些利益也未尝不可。可是,查看他的前世行为,根本没有布施的功德,也没有半点因缘,现在却拼命向我求利。不管他怎样苦苦要求,也是没有用的。但是,若不给他些利益,他一定会怨恨我。不妨用些技巧,让他死了这条心吧。"

于是，天神就化作他的弟弟，也来到天神庙，跟他一样祈祷求福。

哥哥看见了，不禁问他："你来这儿干吗？我不是吩咐你去播种吗？你播下了吗？"

弟弟说："我也跟你一样，来向天神求财求宝，天神一定会让我衣食无忧的。纵使我不努力播种，我想天神也会让麦子在田里自然生长，满足我的愿望。"

哥哥一听弟弟的祈愿，立即骂道："你这个混账东西，不在田里播种，却想等着收获，那岂不是异想天开。"

弟弟听见哥哥骂他，却故意问："你说什么？再说一遍听听。"

"我就再说给你听，不播种，哪能得到果实呢！你不妨仔细想想看，你太傻了！"

这时天神才现出原形，对哥哥说："就像你自己所说，不播种就没有果实。"

心灵驿站

想要收获果实，就要先播种。只有脚踏实地地付出努力，才能改变命运，过上幸福的生活。踏实做事，本色做人，每一个年轻人在社会的浪潮中都能很容易找到自己的位置，并更加顺利地践行自己的理想。

03　善待对手

动物园最近从国外引进了凶悍的美洲豹供游人观赏。

为了更好地招待这位远方来的贵客，动物园每天都为它准备了精美的饭食，并且特意开辟了一块不小的场地供它活动。然而客人始终闷闷不乐，整天无精打采。

"也许是刚到异乡,思乡心切吧?"

谁知两个多月过去了,美洲豹还是老样子,甚至连饭菜都不想吃了。

眼看着它就要不行了,园长慌了,连忙请来兽医多方诊治,检查结果又无甚大病。

万般无奈之下,有人提议,不如在草地上放几只美洲虎,或许有些希望。

原来人们无意间发现,每当有虎经过时,美洲豹总会站起来怒目相向,严阵以待。

不出所料,栖息地被他人染指,美洲豹立刻变得活跃警惕起来,又恢复了往日的威风。

心灵驿站

很多时候,我们总是不愿意碰到对手。事实上,正是由于有了对手,我们才能时刻保持旺盛的斗志,不断去挖掘自身的潜力。善待你的对手吧,因为有竞争才有压力,有压力才会有动力,他的存在就像是一针强心剂,使你永远是一只威风凛凛的"美洲豹"。

04 求人不如求己

某人在屋檐下躲雨,看见观音正撑伞走过。

这人说:"观音菩萨,普度一下众生吧,带我一程如何?"

观音说:"我在雨里,你在檐下,而檐下无雨,你无须我度。"

这人立刻跳出屋檐下,站在雨中:"现在我也在雨中,该救我了吧?"

观音说:"你在雨中,我也在雨中,我不被淋,因为有伞,你被雨淋,因为无伞。所以不是我度自己,是伞度我。你要想度,请找伞去!"说完便走了。

第二天,这人遇到了难事,便去庙里求观音。走进庙里,才发现庙里观音像前也有一个人在拜,那个人长得和观音一模一样,丝毫不差。

这人问:"你是观音吗?"

那人答道:"我正是观音。"

这人又问:"那你为什么还自己拜自己?"

观音笑道:"我也遇到了难事,但我知道,求人不如求己。"

心灵驿站

求人不如求己。如果你不想失败,不想做他人耻笑的"半个人",就打消你心中"依赖他人生存"的念头吧,给自己找个职业,让自己独立起来。只有这样,你才会真正地体会到自身的价值,才会感到无比幸福。如果你不丢弃这种可怜的想法,即使你怀有雄心和自信力,也未必会发挥出所有的能力,获得巨大的成功。

05　找到夜明珠的人

从前有个国王要选宰相,他派人在全国各地张贴皇榜。

天下的有志之士闻讯后都纷纷来到了京都。

这一天,国王把他们带到粮仓里,大家面面相觑,不知他葫芦里卖的是什么药。

趁大家不注意,国王从怀里掏出一颗夜明珠,把它扔在了堆积如山的谷子里:"你们谁能把它找出来,我就让谁当宰相。"

大家七手八脚,在里面紧张地找了起来。

但由于人多手杂,他们几乎把粮仓翻了个遍,仍一无所获。

第六章 善意的人生，美好的人生

到了晚上，大家疲倦至极，都回家休息了。

第二天早晨，正当他们准备再来寻找的时候，听到了一个消息：夜明珠已经找到，宰相人选已经确定了。

大家十分奇怪，是谁这么幸运，把夜明珠找到了呢？是粮仓的看门人。

原来，昨天大家散去后，这位看门人一直在粮仓门口守着。

当夜幕降临，夜明珠幽幽的光亮从谷堆里透了出来，守门人直接向那光亮走过去，轻而易举地就把它抓了出来。

心灵驿站

人生始终在考验我们战胜困难的毅力，唯有那些能够坚持不懈的人，才能得到最大的奖赏。毅力可以移山，也可以填海，更可以从芸芸众生中筛出成功的人。

06　用时间衡量爱

从前有一个小岛，上面住着快乐、悲哀、知识和爱，还有其他各类情感。

一天，情感们得知小岛快要下沉了，于是，大家都准备船只，离开小岛。只有爱留了下来，她想要坚持到最后一刻。

过了几天，小岛真的要下沉了，爱想请人帮忙。

这时，富裕乘着一艘大船经过。

爱说："富裕，你能带我走吗？"

富裕答道："不，我的船上有许多金银财宝，没有你的位置。"

爱看见虚荣在一艘华丽的小船上，说："虚荣，帮帮我吧！"

"我帮不了你，你全身都湿透了，会弄坏了我这漂亮的小船。"

悲哀过来了，爱向她求助："悲哀，让我跟你走吧！"

"哦……爱，我实在太悲哀了，想自己一个人待一会！"悲哀答道。

快乐走过爱的身边，但是她太快乐了，竟然没有听到爱在叫她！

突然，一个声音传来："过来！爱，我带你走。"

这是一位长者。爱大喜过望，竟忘了问他的名字。登上陆地以后，长者独自走开了。

爱对长者感恩不尽，问另一位长者知识："帮我的那个人是谁？"

"他是时间。"知识老人答道。

"时间？"爱问道，"他为什么要帮我？"

知识老人笑道："因为只有时间才能理解爱有多么伟大。"

心灵驿站

时间是检验真理的唯一标准。爱是这个世界上最神奇、最伟大的力量，是人世间最美好的情感，时间可以证明爱的力量，谁拥有并付出它，谁就会拥有一个最美的世界。

07　父亲、儿子与猴子

动物园里，父亲指着笼子里的猴子，对儿子说："你知道这种动物叫什么名字吗？"

"不知道。"儿子看着上蹿下跳的猴子回答。

"记住，孩子，"父亲说，"这种动物叫猴子，是专门供咱们人类开心的。"

"何以见得呢？"儿子问。

"不信你瞧——"父亲说着，从提包中摸出一颗花生，朝笼子里的大猴背后扔去，只见大猴急转身，略一迟疑，却用嘴接住，然后再用爪子从嘴里取出来，剥开吃掉，显得很滑稽。

儿子笑起来，说："真有意思！"

父亲也被大猴的举动逗得很开心，便来了兴致，又将另一颗花生扔进去，还是扔向大猴身后的地方，大猴故伎重演，转身，跳起来用嘴接住，用爪子取出剥开，放进嘴里。

父亲受到了鼓舞，不断地扔，大猴便不断地这样接，接住吃掉，或给身边的小猴。

直到一大包花生都扔完了，父亲和儿子才恋恋不舍地离开。路上，儿子问父亲："你为什么将花生扔到大猴的背后呢？"

父亲得意地笑了，说："猴子翻来覆去地来回折腾才有意思啊！"

儿子信服地说："爸爸你真行！"

父亲又说："猴子这种动物自以为挺聪明，其实被咱们耍了，它还不知道呢，真可悲！"

动物园里，大猴指着笼子外的人，对小猴说："你知道这种动物叫什么名字吗？"

"不知道。"小猴望着指手画脚的人回答。

"记住，孩子，"大猴说，"这种动物叫人，是专门供咱们猴子开心的。"

"何以见得呢？"小猴问。

"不信你瞧——"这时，适逢有个大人往笼子里扔花生，扔向大猴背后，大猴急转身，略一思忖，用嘴去接住，然后再用爪子从嘴里取出，剥开吃掉，显得很滑稽。终于，那大人的一大包花生全部扔给了猴子。

他们走后，小猴问大猴："你为什么用嘴去接扔进来的花生？"

大猴得意地笑了，说："如果我用爪子去接，他们还会继续扔吗？"

小猴信服地说："妈妈你真行。"

大猴又说："人这种动物自以为挺聪明，其实被咱耍了，他们还不知道呢，真可悲！"

第六章 善意的人生，美好的人生

心灵驿站

在生活中，有些人喜欢愚弄别人来取乐。这些人常常有很多的鬼点子，常常标新立异，但最终的结果，往往是失去了别人的信任，愚弄不成，反倒愚弄了自己。

08　言多必失

明代开国皇帝朱元璋，出身贫寒，少年时就放牛，给有钱人家做工，甚至一度还为了果腹而出家为僧。但朱元璋却胸有大志，风云际会，终于成就一代霸业。

朱元璋当了皇帝以后，有一天，他儿时的一位穷伙伴来京求见。朱元璋很想见见旧日的老朋友，可又怕他讲出什么不中听的话来。犹豫再三，总不能让人说自己富贵了不念旧情吧，还是让传了进来。

那人一进大殿，即大礼下拜，说："我主万岁！当年微臣随驾扫荡庐州府，打破罐州城，汤元帅在逃，拿住豆将军，红孩子当兵，多亏菜将军。"

朱元璋听他说得动听含蓄，心里很高兴，回想起当年大家饥寒交迫时有福同享、有难同当的情形，心情很激动，于是重重封赏了这个老朋友。

消息传出，另一个当年一块放牛的伙伴也找上门来了，见到朱元璋，他高兴极了，生怕皇帝忘了自己，指手画脚地在金殿上说道：

"皇上万岁！你不记得吗？那时候咱俩都给人家放牛，有一次我们在芦苇荡里，把偷来的豆子放在瓦罐里煮着吃，还没等煮熟，大家就抢着吃，把罐子都打破了，撒下一地的豆子，汤都泼在泥地里，你只顾从地下抓豆子吃，结果把红草根卡在喉咙里，还是我出的主意，叫你将一把青菜吞下，才把那红草根带进肚子里。"

当着文武百官的面，"真命天子"朱元璋又气又恼，哭笑不得，只得喝

171

令左右:"哪里来的疯子! 来人,快把他拖出去斩了!"

心灵驿站

掌握说话的技巧和练就办事的能力,对于每一个人来说都是至关重要的。有些人说起话来头头是道,办起事来顺顺当当,原因何在? 因为他们懂得灵活变通。无论是说话还是办事,只要掌握了灵活变通的原则,就会无往而不胜。

09　最有修养的人

有一批应届毕业生22个人,实习时被导师带到北京的国家某部委实验室里参观,全体学生坐在会议室里等待部长的到来,这时有秘书给大家倒水,同学们表情木然地看着她忙活,其中一个还问了句:"有绿茶吗? 天太热了。"秘书回答说:"抱歉,刚刚用完了。"他看着有点别扭,心里嘀咕:"人家给你倒水还挑三拣四的。"轮到他时,他轻声说:"谢谢,大热天的,辛苦了。"秘书抬头看了他一眼,满含着惊奇,虽然这是很普通的客气话,却是她今天唯一听到的一句。

门开了,部长走进来和大家打招呼,不知怎么回事,静悄悄的,没有一个人回应。他左右看了看,犹犹豫豫地鼓了几下掌,同学们这才稀稀落落地跟着拍手,由于不齐,越发显得零乱起来。部长挥了挥手:"欢迎同学们到这里来参观。平时这些事一般都是由办公室负责接待,因为我和你们的导师是老同学,非常要好,所以这次我亲自来给大家讲一些有关情况。我看同学们好像都没有带笔记本,这样吧,王秘书,请你去拿一些我们部里印的纪念手册,送给同学们作纪念。"

接下来,更尴尬的事情发生了,大家都坐在那里,很随意地用一只手接过部长双手递过来的手册。部长脸色越来越难看,走到他面前时,已经快要没有耐心了。就在这时,他礼貌地站起来,身体微倾,双手握住手册恭敬地说了一声:"谢谢您!"部长闻听此言,不觉眼前一亮,伸手拍了拍他的肩膀:"你叫什么名字?"他如实回答,部长微笑着点头回到自己的座位上。早已汗颜的导师看到此景,微微松了一口气。

两个月后,在毕业分配表上,他的去向栏里赫然写着该部委实验室。有几位颇感不满的同学找到导师:"他的学习成绩顶多算是中等,凭什么选他却没选我们?"导师看了看这几张尚显稚嫩的脸,笑道:"是人家点名来要的。其实你们的机会是完全一样的,你们的成绩甚至比他还要好,但是除了学习之外,你们需要学的东西太多了,修养是第一课。"

心灵驿站

感恩是积极向上的思考和谦卑的态度,它是自发性的行为。当一个人懂得感恩时,便会将感恩化作一种充满爱意的行动,实践于生活中。一颗感恩的心,就是一个和平的种子,因为感恩不是简单的报恩,它是一种责任、自立、自尊和追求阳光人生的精神境界!

10 一杯牛奶

罗伊小的时候家里很穷,为了攒够自己的学费,他需要挨家挨户地去推销商品。

一天,罗伊十分劳累,已经一整天没有吃东西了,感到十分饥饿,可是摸遍全身,只找到了一角钱,根本不够吃饭,怎么办呢?他决定向下一户人家讨口饭吃。

当罗伊来到下一户人家,开门的是一位年轻美丽的女子。当他看到

小故事大智慧全集

这位年轻美丽的女子时,却有点不知所措了。为了维持自己仅剩的一点尊严,他没有要饭,只向她乞求一口水喝。

这位女子看到罗伊很饥饿的样子,十分同情,就送给他一大杯牛奶喝。男孩慢慢地喝完牛奶,问道:"我应该付多少钱?"

年轻女子回答:"一分钱也不用付。因为妈妈从小就教导我,要对所有的人都充满关爱,做力所能及的事,并不图回报。"

罗伊说:"既然你这么说,那么,就请接受我由衷的感谢吧。"说完,罗伊离开了这户人家。

走出门来,罗伊感到自己浑身充满了力量,上帝好像正朝他点头微笑,一股男子汉的豪气顿时迸发出来。本来,他是想退学的,但他现在改变了看法。

数年之后,那位年轻美丽的女子得了一种十分罕见的疾病,当地的医生对此束手无策。于是,她被转到大城市医治,由专家会诊治疗。

如今,当年的小罗伊已经成为一位大名鼎鼎的医生,他也参与了这次医治。当看到病历上所写的病人的经历时,他很是佩服这位患者,面对这种令人难以忍受的痛苦,一般人很早就放弃了,而她却从未放弃过希望。这个女病人顽强的求生欲望感染了他,一个奇怪的念头霎时闪过他的脑海,他马上向病房奔去,来到病房,他一眼就认出在床上躺着的病人就是曾经帮助过他的恩人。

回到办公室,罗伊暗暗下了决心:"我一定要竭尽所能治好恩人的病!"从那天起,他就特别关照这个病人。经过努力,手术成功了,但却花去了巨额的医疗费用,罗伊毅然在高额的医药费通知单上面签下了自己的名字。

当医药费通知单送到这位特殊的病人手中时,她不敢看,因为她确信,治病的费用将会花去她的全部家当。最后,她还是鼓起勇气,翻开了医药费通知单,旁边写着一行小字:"医药费是一杯牛奶。"

心灵驿站

爱心是人类的一种高尚的情感,一个有爱心的人,才会被别人所爱。要表达自己的爱心是件很容易的事,重要的是,不要放弃任何表达爱心的机会。我们相信,爱心不管在哪里开花,终究有一天会在那里结出果实。

11　把梳子卖给和尚

有一家知名企业招聘销售部经理,由于待遇优厚,招聘广告打出来后,报名者云集。

总经理对应聘者们说:"为了能选拔出最有才华的营销高手,我们为各位出一道实践性的题目:如何把木梳卖给和尚,而且卖得越多越好。"并以七日为限,届时择优录用。

七天时限到后,总经理让应聘者们展示自己的成绩。

第一位应聘者面无表情地回答:"我卖了十把。"

"你是如何卖的呢?"

"我去了一座名山古寺,那里由于山高风大,进香者的头发都被吹乱了。我找到了寺院的住持,对他说:'蓬头垢面是对佛的大不敬,要是能在香案前放把木梳,供香客们使用就好了。'住持采纳了我的建议。因为那里共有十座庙,所以我就顺利地卖出了十把木梳。"

总经理问第二位应聘者:"你呢?"第二位应聘者微笑着地回答:"一千把。"

总经理吃惊地瞪大了眼睛:"哦,怎么卖的?"

"我去了一个颇有名气的深山宝刹,那里朝圣者云集。我找到住持对他说:'凡来贵刹进香朝拜者,多有一颗虔诚之心,宝刹应有所回赠才是。现在市场上正流行用木梳梳头,您书法功力深厚,独树一帜,如果在木梳上刻上你的亲笔书写的'积善梳'三字作为回赠,必定会大受香客们的欢迎。'住持闻听此言,特别高兴,说:'我怎么没想到呢!'于是爽快地买下一千把梳子,又留我在寺中小住几日,并作为特邀嘉宾出席了向香客们赠送'积善梳'的仪式。得到梳子的香客们都惊喜异常,于是一传十,十传百,朝拜者更多了,香火也更旺了。这还不算完,好戏跟在后头。住持希望我能再多卖一些不同档次和款式的木梳给他,以便分别赠送给各种喜好的施主与香客。"

心灵驿站

非常之人,行非常之事。思维定式的弊端在于,当我们面临新情况、新问题而需要开拓创新的时候,它就会变成思维枷锁,阻碍新观念、新点子的构想,同时也阻碍大脑对新知识的吸收。有的时候,我们的知识、见识或者过往经验会成为我们了解真相的障碍。

12 怀表是如何找到的

有个农夫打扫完马厩时,突然发现他的怀表不见了。这个怀表对他来说有特殊的意义,那是母亲留给他的珍贵礼物。他慌忙又跑回马厩,几乎把整个马厩都翻遍了,结果还是没有找到。

他满头大汗地走出马厩,看见一群孩子正在玩耍。他想着自己可能是老眼昏花,而孩子的眼尖,应该可以找得到,就说:"你们谁能找到我的怀表,我就给谁一块钱。"

孩子们一窝蜂地跑进马厩。过了很长一段时间,当孩子们一个个走出马厩时,都失望地表示没有找到怀表。

就在农夫准备放弃的时候,有个孩子悄悄对他说:"我再进去找一次,不过这次只能我一个人进去!"

农夫望着他的背影,心想:我们几乎把马厩都翻遍了,也没有找到。

孩子已经进去很久了,还不见出来,农夫失望极了,正当他准备离去的时候,那个孩子拿着一块怀表出来了。

农夫惊讶地问:"你是怎么找到的?"

那孩子说:"我进去之后什么都不做,只是静静地坐在地上,慢慢地我听到了滴答滴答的声音,然后循着声音,我就找到了怀表。"

心灵驿站

我们总是经年累月地按照一种既定的模式运行,从未尝试过走别的路。从现在开始,不要再墨守成规,试着从全新的角度思考问题,也许你的生活从此也将与众不同。

13　鸟的耳朵

一大早,鹤就爬起来,拿起针线要给自己的白裙子上绣一朵花,以显出自己的妩媚动人。刚绣了几针,孔雀探过来问她:"鹤妹,你绣的什么花呀?"

"我绣的是桃花,这样能显出我的娇媚。"鹤羞涩地说。

"咳,干吗要绣桃花哩?桃花是易落的花,不吉祥,还是绣朵月月红吧,又大方,又吉利!"鹤听了孔雀姐姐的话觉得言之有理,便把绣好的金线拆了改绣月月红。正绣得入神时,只听得锦鸡在耳边说道:"鹤姐,月月红花瓣太少了,显得有些单调,我看还是绣朵大牡丹吧,牡丹是富贵花呀,显得多么雍容华贵!"

鹤觉得锦鸡妹说得也对,便又把绣好的月月红拆了,重新开始绣起牡丹来。绣了一半,画眉飞过来,在头上惊叫道:"鹤嫂,你爱在水塘里栖息,应该绣朵荷花才是,为什么要去绣牡丹呢?这跟你的习性太不协调了,荷花是多么清淡素雅,出污泥而不染,亭亭玉立的,多美呀!"鹤听了,觉得也是,便把牡丹拆了改绣荷花……

每当鹤快绣好一朵花时,总有人提不同的建议。她绣了拆,拆了绣,直到现在裙子上还是没有绣上任何的花朵。

心灵驿站

一个人,只要认为自己的立场和观点正确,就要勇于坚持下去,而不必在乎别人如何去评价。

14 拔牙

他已经穷得身无分文,可是牙又痛得不行。最后他还是忍不住去看牙医。牙医看过后说烂掉的牙必须要拔掉。

"拔一颗牙要一块钱。"牙医说道。看他那一副穷酸样,想必他也没这钱拔牙。

一听牙医那语气,就知道他挺不情愿的。他心生一计,决定整一整牙医,顺便给自己赚点钱。

"那么,镶一颗好牙得多少钱?"他问道。

"一颗牙两块钱。"牙医答道。

"好吧,你可以拔了。"他说,"不过可不可以请你先把病牙左边的那颗牙拔了,这样你会比较好拔,我也就不会很痛了。"

牙医心想:穷人就是笨,可以免费得到一颗好牙何乐而不为呢!就顺着他说道:"你说得也对。我今天就免费为你多拔一颗吧。"

等牙医把他的牙拔过后,他一转身扇了牙医一巴掌,说道:"蠢货,你怎么把我的一颗好牙拔掉了?"

牙医正暗自高兴呢,一听到这话,连忙说道:"不是你自己提议我先把边上那颗好牙拔掉的吗?现在怎么又来怪罪我?"

他说道:"哼,你肯定是想从我这里拿一颗好牙,有谁会这么笨要拔掉好牙,我要告你去。"

牙医慌了,知道如果告到官府里去自己必定失败。于是连忙向他道歉,并表示不收他拔牙的钱了。

他却说道:"这我不是亏了,一颗好牙值两块钱,而我只欠你一块钱。所以你应该找给我一块钱。"

牙医没辙,只得依了他,给了他一块钱。他拿了牙医付的一块钱高兴地站起来走了,留下牙医一脸的懊恼……

心灵驿站

思维定式使人把对事物的观点、分析、判断都纳入了程序化、格式化的套路,对具体问题的分析判断僵化、机械化,从而失去了判断的灵活性。在与对手的较量中,给对方设下一个思维定式的陷阱,无疑是个好方法。

15　紧握住今天的机会

大海边,一个渔夫张网捕鱼。突然,他觉得网被什么拽了一下。他猛地把网绳一拉,网收紧了,原来是一只小海龟。

"虽然你很小,但是我把你拿到市场上也还能卖一笔小钱呢。"渔夫说。

"我求求你放了我,千万不要把我卖了。"海龟哀求道。"放了你可以,但是你拿什么报答我呢?"

"我会给你引来一大群海龟,你把它们拿到市场上,可以卖更多的钱。此外,我还会给你一个让你终生受益的忠告。"

渔夫顿时喜上眉梢。

他马上把海龟放进了海里,海龟一蹬腿就钻入了大海,游了很远,它才把脑袋浮出水面:"你就永远等待那一大群海龟吧,出卖同伴的事,我才不干呢!但是送给你的忠告我现在就可以说出来:现在拥有的,远比别人许诺的重要!"

心灵驿站

不重视眼前的实际,身处"这山望着那山高"的境地时,那表示他忘记了理想必须扎根在现实的基础上,结果只能被理想和现实同时抛弃。

16　博士插秧

有一位哲学博士漫步于田野中,发现水田当中新插的秧苗竟排列得如此整齐,犹如用尺量过一样。他不禁好奇地问田中工作的老农是如何办到的。老农忙着插秧,头也不抬地要他自己取一把秧苗插插看。

博士卷起裤管,喜滋滋地插完一排秧苗,结果插得参差不齐,不忍目睹。他再次请教老农。老农告诉他,在弯腰插秧的同时,眼光要盯住一样东西。博士照他说的做了,不料这次插好的秧苗,竟成了一道弯曲的弧线。

老农问他:"你是否盯住了一样东西?"

"是呀,我盯住了那边吃草的水牛,那可是一个大目标啊!"

"水牛边走边吃草,而你插的秧苗也跟着移动,你想这个弧形是怎么来的?"

博士恍然大悟。这次,他选定远处的一棵大树。

心灵驿站

人生不过短短几十年,光阴如同白驹过隙,飞逝而过。在这种情况下,如果选不准目标,到处乱闯,几年的时间会一晃而过。如果想取得突破性的进展,就该像学打靶一样,迅速瞄准目标;像激光一样,把精力聚于一束。

17　愚笨才是真聪明

有一架客机在大沙漠里不幸失事，仅有 11 人幸存。这 11 人中，有大学教授、家庭主妇、政府官员、公司经理、部队军官……此外，还有一个叫彼得的傻子。

沙漠的白昼气温高达五六十摄氏度，如果不能及时找到水源，人很快就会渴死。于是，他们出发去找水源。他们先后三次欢呼狂叫着，冲向水草丰茂的绿洲，可那绿洲却无情地向后退却，退却，直至消失。原来都是海市蜃楼！

次日中午，当他们又一次被海市蜃楼愚弄后，所有人都躺倒了，除了傻子彼得。他焦急地问别人："那个水不就在这吗？为什么不见了？"

好心的家庭主妇告诉他："彼得，认命吧，那只是海市蜃楼。"

彼得不知道什么叫海市蜃楼，他只是渴得厉害，想要喝水，他吃力地攀上了前面一个 50 多米高的沙丘，突然高兴得手舞足蹈，连滚带爬地下来，兴奋地嚷着："水塘，一个水塘！"

这次，没有一个人答理他，包括那个善良的家庭主妇。

彼得什么也顾不上了，他拔腿再次朝沙丘上爬，翻过了沙丘，吼叫着消失在了沙丘的另一边。

"可怜的傻子，他疯了！"数学教授嘟哝了一句。

20 多分钟后，当彼得刚冲到水塘旁，忽然狂风骤起，飞沙走石。彼得一跃跳进了水塘中。大风整整刮了一天一夜。

三天后，当救援人员寻找到他们时，那 10 个人已经全死了。有的尸首已被沙土掩埋了。只有水塘边的傻子彼得安然无恙，只是瘦了些。

救援人员把他带到遇难者身边，询问他是怎么回事，这些人何以会死在距离水塘不到 1000 米的地方。

目睹伙伴们的惨状,彼得哭了。

他抽泣着说:"我和他们说了那边有个水塘,他们说那是海市蜃楼。我不懂什么是海市蜃楼,我只是想去那边喝水,我就拼命跑去了——真的,你们能告诉我什么是海市蜃楼吗?他们为什么这么恨海市蜃楼,宁肯被渴死,也不去喝海市蜃楼的水?"

彼得瞪着他那双无知的、泪汪汪的大眼,虔诚地向救援人员请教着。他说,这个问题已经折磨他三天了。

面对此情此景,所有的人都无言以对。

心灵驿站

人生中不可能没有失败和挫折,但问题是,有的人一旦遇到失败和挫折,就会丧失意志和勇气;而在那些真正的成功者中,许多人具有这样的特点:他们有能力使用积极心态的力量,把失败变成走向成功的动力。

18 强 项

在美国有一个名叫克利的青年,他本是一个非常快乐的人,拥有一个幸福的家庭。可是在一次车祸中不幸弄断了一条腿,被工厂老板炒了"鱿鱼",只好在家闲着。克利感到非常沮丧,对生活失去了信心,他认为自己是一个废人了,一生都可能拖累别人。所以,他提出和妻子离婚。

妻子不同意离婚,并鼓励他说:"你的腿没了,但你还有手,你可以靠自己的双手来养活自己,你应该找一个适合自己干的工作。"

一次,他的儿子拿来一辆弄坏的电动遥控车让他修理,克利曾经做过电工,这点小事对他来说不算什么,他很快就把遥控车修好了。儿子十分高兴,说:"爸爸,你真行!以后我的玩具坏了都让你修理。"

儿子的话提醒了克利,他想,现在的玩具越来越高级,大都是电动玩具或声、光、电的遥控玩具,价钱很贵,但这些高级玩具又都经不住摔打,小孩玩不了几天就经常会出故障。当时还没有修理玩具的店,自己何不试一试呢。于是,他便买来一些玩具,天天对着这些玩具来研究他们经常出现的毛病,然后再寻找办法来修理。他还经常看一些关于玩具的书。不久,他就能修理一些高级的玩具了。

后来,他开了一家玩具修理店,还起了一个新奇的名字:克利玩具急诊所。

开业的第一天,就来了一大批小顾客,克利凭着娴熟的手艺,很快就将这些小"病号"修理好了。于是,这批小顾客便成了"小广告",四处宣扬。"克利玩具急诊所"的名声不胫而走,满城皆知。顾客一批接着一批来,不到一年的时间,克利已使1000多个玩具死而复生,这些"病号"包括小到拳头大的电动猴子,大到电动摩托,还有游戏机、卡拉OK机等。

修理费视玩具的大小贵贱而定,通常每天都可收入500元左右,克利也在修理过程中积累了丰富的经验。这样,克利不仅养活了自己,而且还积累了一笔财富。

心灵驿站

别人认为你是哪一种人并不重要,重要的是你是否肯定自己;别人如何打败你并不是重点,重点是你是否在别人打败你之前,就先输给了自己!唯有时刻坚信自己,才能战胜灵魂深处所有的弱点,始终处于不败之地。

19 无字秘方

从前,有一老一小两个相依为命的瞎子,终日靠弹琴卖艺维持生活。一天,老瞎子终于支撑不住病倒了。他自知将不久于人世,便把小瞎子叫到床头,紧紧拉着他的手,吃力地说:"孩子,我这里有个秘方,它可以使你重见光明。我把它藏在琴里面了,但你千万记住,你必须在弹断第一千根琴弦的时候才能把它取出来,否则,你是不会看见光明的。"小瞎子流着眼泪答应了师父,老瞎子含笑离去。

一天又一天,一年又一年,小瞎子将师父的遗嘱铭记在心,不停地弹啊弹,将一根根弹断的琴弦收藏着。当他弹断第一千根琴弦的时候,当年那个弱不禁风的少年小瞎子已到垂暮之年,变成了一位饱经沧桑的老者。他按捺不住内心的喜悦,双手颤抖着,慢慢地打开琴盒,取出秘方。

然而,别人告诉他,那是一张白纸,上面什么都没有。他笑了,泪水滴落在纸上。

很显然,老瞎子骗了小瞎子。但这位过去的小瞎子如今的老瞎子,拿着一张什么都没有的白纸,为什么反倒笑了?因为就在他拿出"秘方"的那一瞬间,突然明白了师父的用心。虽然是一张白纸,但是他从小到老弹断一千根琴弦后,却悟到了这无字秘方的真谛——在希望中活着,才会看到光明。

心灵驿站

只要信念还在,希望就在。许多人一陷入困境,就悲观失望,并给自己施加很重的压力,其实,应告诉自己,困境是另一种希望的开始,它往往预示着明天的好运气。因此,你只要放松自己,告诉自己希望是无所不在的,再大的困难也会变得渺小。

20　数学王子

1796年的一天,德国哥廷根大学,一个19岁的青年吃完晚饭,开始做导师单独布置给他的每天例行的数学题。正常情况下,青年总是在两个小时内完成这项特殊作业。

像往常一样,前两道题目在两个小时内顺利地完成了。第三道题写在一张小纸条上,是要求只用圆规和一把没有刻度的直尺做出正17边形。青年没有在意,像做前两道题一样开始做起来。然而,做着做着,青年感到越来越吃力。

困难激起了青年的斗志:我一定要把它做出来!他拿起圆规和直尺,在纸上画着,尝试着用一些超常规的思路去解这道题。当窗口露出一丝曙光时,青年长舒了一口气,他终于做出了这道难题。

作业交给导师后,导师当即惊呆了。他用颤抖的声音对青年说:"这真是你自己做出来的?你知不知道,你解开了一道有两千多年历史的数学悬案?阿基米德没有解出来,牛顿也没有解出来,你竟然一个晚上就解出来了！你真是天才！我最近正在研究这道难题，昨天给你布置题目时，不小心把写有这个题目的小纸条夹在了给你的题目里。"

多年以后，这个青年回忆起这一幕时，总是说："如果有人告诉我，这是一道有两千多年历史的数学难题，我不可能在一个晚上解决它。"

这个青年就是后来成为"数学王子"的高斯。

心灵驿站

有些事情，在不知道它到底有多难时，我们敢去做，做起来往往也很轻松。这就是人们常说的无知者无畏。年轻人，要把人生视为一场冒险。只有那些勇往直前，无所畏惧的勇者，才能达到常人无法企及的高度。就像登山运动员，只有那些勇敢的人，才能登上顶峰，欣赏大多数人一生都没有机会看到的风景。

21　一切都将会过去

古希腊有一位国王，拥有至高无上的权势、享用不尽的荣华富贵，但他并不快乐。他可以主宰自己的臣民，却难以操控自己的情绪，种种莫名其妙的焦虑和忧郁不时让他闷闷不乐、寝食难安。

于是，他召来了当时最负盛名的智者苏菲，要求他找出一句人间最有哲理的箴言，而且这句浓缩了人生智慧的话必须有一语惊心之效，能让人胜不骄、败不馁，得意而不忘形、失意而不伤神，始终保持一颗平常心。苏菲答应了国王，条件是国王将佩戴的那枚戒指交给他。

几天后，苏菲将戒指还给了国王，并再三劝告他：不到万不得已，别轻易取出戒指上镶嵌的宝石，否则，它就不灵验了。

没过多久，邻国大举入侵，国王率部拼死抵抗，但最终整个城邦还是沦陷于敌手,于是,国王四处亡命。

有一天,为躲避敌兵的搜捕,他藏身在河边的茅草丛中,当他掬水解渴,猛然看到自己的倒影时,不禁伤心欲绝。谁能相信如今这个蓬头垢面、衣衫褴褛的人,就是那个曾经气宇轩昂、威风凛凛的国王呢?

就在他双手掩面欲投河轻生之际,他想到了戒指。他急切地抠下了上面的宝石,只见宝石里侧镌刻着一句话——这也会过去!

顿时,国王的心头重新燃起希望的火花。从此,他忍辱负重,重招旧部并东山再起,最终赶走了外敌,赢回了王国。

当他返回王宫后,所做的第一件事便是将"这也会过去"这句五字箴言,镌刻在象征王位的宝座上。

后来,他被誉为最有智慧的国王而名垂青史。据说,在临终之际,他特意留下遗嘱:死后,双手空空地露出灵柩之外,以此向世人昭示那句五字箴言。

心灵驿站

普希金说：一切都是暂时的，转瞬即逝……因此，在我们身处顺境时，要学会珍惜与感恩；身处逆境时，要学会坚强和等待，要相信逆境只是暂时的。告诉自己：一切都将会过去。

22　被扔鸡蛋的首相

英国前首相威尔逊与一个小孩有过一件趣事。

有一天，威尔逊为了推行其政策，在一个广场上举行公开演说。当时广场上聚集了数千人，突然从听众中扔来一个鸡蛋，正好打中他的脸。安全人员马上下去搜寻闹事者，结果发现扔鸡蛋的是一个小孩。

威尔逊得知后，先是示意属下放走小孩，后来马上又叫住了小孩，并当众让助手记录下小孩的名字、家里的电话与地址。

台下听众猜想威尔逊可能要处罚小孩，于是开始骚乱起来。

这时，威尔逊对大家说："我的人生哲学是要在对方的错误中，去发现我的责任。方才那位小朋友用鸡蛋砸我，这种行为是很不礼貌的。但是，身为大英帝国的首相，我更有责任为国家储备人才。那位小朋友从下面那么远的地方，能够将鸡蛋扔得这么准，说明他可能是一个很好的人才，所以我要将他的名字记下来，以便让体育大臣注意栽培他，使其将来能成为我国的棒球选手，为国效力。"

威尔逊的一席话，把听众都说乐了，演说的场面也更加融洽。

> **心灵驿站**
>
> 在别人犯错误时,不要轻易指责,要从别人的过错中,发掘对方的优势,积极寻找共同有建设性的建议,这不仅能让不愉快的事情烟消云散,有时还可能会将坏事转化为好事,帮助自己摆脱尴尬的境地。

23　再努力一次

如果你参观过开罗博物馆,你会看到从图坦·卡蒙法老王墓挖出的宝藏,令人目不暇接。庞大建筑物的第二层楼大部分放的都是灿烂夺目的宝藏:黄金、珍贵的珠宝、饰品、大理石容器、战车、象牙与黄金棺木,巧夺天工的工艺至今仍无人能及。

如果不是霍华德·卡特决定再多挖一天,这些不可思议的宝藏也许仍被埋在地下不见天日。

1922年的冬天,卡特几乎要放弃能够找到年轻法老王坟墓的希望,他的赞助者也即将取消赞助。卡特在自传中写道:"这将是我们待在山谷中的最后一季,我们已经挖掘了整整六季,春去秋来一无所获。我们一鼓作气工作了好几个月却没有发现任何有价值的东西,只有挖掘者才能体会这种彻底的绝望感;我们几乎已经认定自己已经被打败了,正准备离开山谷到别的地方去碰碰运气。然而,要不是我们最后垂死的一锤努力,我们永远也不会发现这远超出我们梦想所及的宝藏。"

霍华德·卡特最后垂死的努力成了全世界的头条新闻,他发现了近代唯一的一个完整出土的法老王坟墓。

心灵驿站

做什么事都不能坚持到最后,那结果将是一事无成。其实,竞争有时就是意志的较量,咬牙挺住了,胜利的就可能是你。正所谓,坚持到底就是胜利。一切贵在坚持,只要坚持,哪怕是弱小的力量也能创造出意想不到的效果。永不言败就是一种勇气,一种不达目的誓不罢休的勇气。

24　活着就是幸运

有一个青年非常不幸。

10岁时,他的母亲害病去世,他不得不学会洗衣做饭,照顾自己,因为他的父亲是位长途汽车司机,很少在家。

7年后,他的父亲又死于车祸,他必须学会谋生,养活自己,他再没有人可以依靠。

20岁时他在一次工程事故中失去了左腿,他不得不学会应付随之而来的不便,他学会了用拐杖行走,倔强的他从不轻易请求别人的帮助。

最后他拿出所有的积蓄办了一个养鱼场。然而,一场突如其来的洪水将他的劳动和希望毫不留情地一扫而光。

他终于忍无可忍了,他找到了上帝,愤怒地责问上帝:"你为什么对我这样不公平?"

上帝反问他:"你为什么说我对你不公平?"

他把他的不幸讲给了上帝。

"噢!是这样,的确有些凄惨,可为什么你还要活下去呢?"

年轻人被激怒了:"我不会死的,我经历了这么多不幸的事,没有什么能让我感到害怕。终有一天我会创造出幸福的!"

上帝笑了,他打开地狱之门,指着一个鬼魂给他看,并说:"那个人生前比你幸运得多,他几乎是一路顺风走到生命的终点,只是最后一次和你一样,在同一场洪水中失去了他所有的财富。不同的是他自杀了,而你却坚强地活着,这就是你的幸运……"

心灵驿站

坚强的人,即使是面对再多的失败和挫折也阻挡不了他前进的脚步。如果在连续多次跌倒之后,一个人还能充满斗志,不言放弃,那他就是一个值得敬佩的人,也一定会是一个有所作为的人。

25　商人的烦恼

有一个制造各式各样成衣的商人,在经济不景气的波及下生意大受影响,因此他整天心情郁闷,每天晚上都睡不好觉。

妻子见他愁眉不展的样子十分不忍,就建议他去找心理医生看看。

医生见他双眼布满血丝,便问他:"怎么了,是不是受失眠所苦?"

成衣商人说:"可不是吗!"

心理医生开导他说:"这没什么大不了的!你回去后如果睡不着就数数绵羊吧!"

成衣商人道谢后离去了。

过了一个星期,他又来找心理医生,他双眼又红又肿,精神更加不振了。

心理医生复诊时,非常吃惊地说:"你是照我的话去做的吗?"

成衣商人委屈地回答说:"当然有呀,还数到三万多头呢!"

心理医生又问:"数了这么多难道还没有一点睡意?"

成衣商人答:"本来是困极了,但一想到三万多头绵羊能有多少毛呀,

第六章 善意的人生，美好的人生

不剪岂不可惜。"

心理医生于是说："那剪完不就可以睡了？"

成衣商人叹了口气说："这就是问题的关键所在，三万头羊毛所制成的毛衣，现在要去哪儿找买主呀？一想到这儿，我就睡不着了！"

心灵驿站

有些事情是应该想得长远一点。但有些事想得太远，反而会变成压力，烦恼自然也就跟随而来。要学会放下，该放下的就放下吧，只有这样，才能使人生更美好。

26　浅薄也是一种快乐

被称为20世纪英国最著名的"用嘴巴思考"的英国思想家柏林，在论战中度过了激烈的一生。一直老到97岁，他才十分不情愿地去世了。

在过去的将近一个世纪中，从死去的康德、马克斯、韦伯到活着的哈耶克、维特根斯坦、维柯，无一不是他攻击的目标。

然而，每一次论战又都落了同一个下场：柏林以他的偏执，再一次证明了对手的伟大和高远。

但是，数十年来柏林永远是一副知足常乐的样子。

1957年，英国王室授予柏林勋爵的头衔。在晚会上，他的一位女友当面讽刺他说，女王的这个爵位是为了表彰他"对于谈话的贡献"而颁发的。这一刻，旁边的绅士们脸色都变了，唯有柏林还是一派好心情的模样。

晚年，为柏林写传记的作者伊格纳蒂夫忍不住问柏林："你为什么可以活得如此安详愉快？"

老柏林见左右空无一人，便俯下身子，低声回答说，他的愉快来自浅薄，"别人不晓得我总是生活在表层"。

这就是柏林快乐的秘诀。

心灵驿站

一个人能否快乐以及快乐的程度，是由一个人对自己的满足感的大小来决定的。如果想变得快乐，就要提高自己的满足感——凡事都应往好的方面想，知足才能常乐。

27 化险为夷

在第二次世界大战期间，一艘美国驱逐舰停泊在某国的港湾，那天晚上万里无云，明月高照，一片宁静。

一名士兵按例巡视全舰时突然停步站立不动，他看到一个乌黑的大东西在不远的水上浮动着。他惊骇地看出那是一枚触发水雷，可能是从一处雷区脱离出来的，正随着退潮慢慢向着舰身中央漂来。

士兵抓起舰内通讯电话机，通知了值日官，值日官马上快步跑来。他

第六章 善意的人生，美好的人生

们也很快通知了舰长，并且发出全舰戒备讯号，全舰立时动员了起来。

官兵们都愕然地注视着那枚慢慢漂近的水雷，大家都了解眼前的状况，灾难即将来临。

官兵们立刻提出各种办法。他们该起锚走吗？不行，没有足够时间。发动引擎使水雷漂移开？不行，因为螺旋桨转动只会使水雷更快地漂向舰身。以枪炮引发水雷？也不行，因为那枚水雷太接近舰里面的弹药库。那么该怎么办呢？放下一支小艇，用一支长杆把水雷携走？这也不行，因为那是一枚触发水雷，同时也没有时间去拆下水雷的雷管。

悲剧似乎是没有办法避免了。

有一名水兵一直没有说话，他一直在冷静地思索着。突然，这名水兵想出了一个更好的办法。"把消防水管拿来。"这名水兵大喊着。

大家立刻明白，这个办法的确有道理。他们向舰艇和水雷之间的海上喷水，制造出了一条水流，把水雷带向远方，然后再用舰炮引炸水雷。

一场险情就这样被化解了。

心灵驿站

人重要的是学会思考，只有会思考，才会有智慧。智慧只属于会思考的人，正是思考的力量使一个本来处于劣势的人获得了转机。正确的思考可以决定一个人应该采取什么样的行动，任何一个有意义的构思和计划都是出自于思考。一个善于思考的人能够善于发现问题，解决问题。